東軒 동헌,
漢詩 한시와
노닐다

류성준

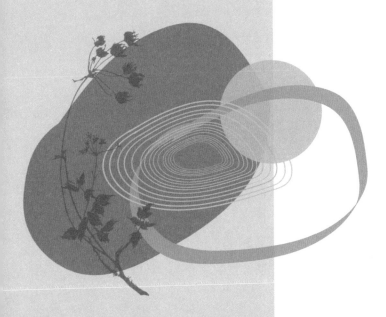

푸른사상
PRUNSASANG

책을 펴내며

이 책 제목의 '동헌東軒'이란 말은 필자의 호號이다. 타이완에서 학위논문 심사가 통과되던 날 저녁, 린인林尹과 치우셰유邱燮友 두 분의 지도교수를 모신 회식 자리에서, 치우 선생님이 "공시恭喜" (축하한다)라 말하며 작은 액자 하나를 선물로 주었다. 그 액자에 쓰인 글은 '동헌東軒'(동쪽 난간)으로, 조용히 분수를 지키며 살라는 가르침이었다.

이제 은퇴한 지 벌써 10년 남짓, 여러 병과 벗하며 지내는 신세가 되니, 새삼스레 느껴오는 감회를 당나라 유위劉威의 「나그네 마음旅懷」(『전당시全唐詩』 권562)으로 대신한다.

세상 물정, 인심 날로 아득하니
십 년 헛되이 창랑 강에서 낚시질만 배웠네
늙어 무슨 낯으로 내 땅에 돌아가리
꿈에서 놀란 넋이 초나라 고향 가 있네
본디 이 몸 세상과 구차히 영합하기 싫어했거늘
누가 오늘 미친 체하는 나 가련히 여기리

이름 없이, 하는 거 없이, 오히려 별 탈 없이
벼슬 던지고 술에 취해 석양에 누우리

物態人心漸渺茫　물태인심점묘망
十年徒學釣滄浪　십년도학조창랑
老將何面還吾土　로장하면환오토
夢有驚魂在楚鄕　몽유경혼재초향
自是一身嫌苟合　자시일신혐구합
誰憐今日欲佯狂　수련금일욕양광
無名無爲卻無事　무명무위각무사
醉落烏紗臥夕陽　취락오사와석양

　　유위는 당唐나라 회창會昌(841~846) 때 시인으로 평생 유랑하며
빈궁하게 살았다. 그의 시는 방랑과 실의의 비애를 담고 있어서,
명대 호진형胡震亨은 "격조가 연약하고 슬픔이 많다(弱調多悲)"(『당음
계첨唐音癸籤』)라고 평하였다.
　　정년 퇴임하고 10년 된 어느 날, 「퇴임 후 십 년退任後十年有感」
이라는 시로 그 심정을 적어보았다.

　　홀로 누추한 방에 지내니 사방에 이웃 없고
　　병 들어 수심에 차서 몸이 편치 않아
　　십 년간 떠돌아 나그네라 부를지니
　　잠시 강가에 서니 마음 더욱 슬퍼져

　　獨居陋室四無隣　독거누실사무린

多病爲愁不便身 다병위수불편신
十載飄旋稱客旅 십재표선칭객려
一時臨水甚傷神 일시림수심상신

　부족한 걸 아는 처지에서, 자작 한시집을 펴낸다는 건 감히 상상도 하지 않았다. 한적한 곳으로 거처를 옮겨, 평소 일상 속 단상을 틈틈이 적어놓은 '한시漢詩'들을 정리하다가, 시집 하나 만들어볼까 하는 허튼 생각이 들었다.

　절구絶句를 중심으로 5언 절구 29수, 7언 절구 30수, 5언 율시律詩 9수, 7언 율시 4수 등 모두 72수를 골랐다. 시 내용은 계절 감각과 전원풍경, 인간관계 등으로 한정하였다. 차례에서 부部마다 시제詩題 순서는 시의 계절과 내용에 따라 나열하고, 시를 지은 시기는 고려하지 않았다.

　책 구성은 한시를 한글로 풀이하고, 원문과 시어 주석의 순서로 배열한 후, 시에 대한 나름의 소감을 해설 형식으로 쓰려 하였다. 해설에서 각 시의 내용이나 흥취에 적합한 중국과 한국 문인들의 한시를 선정하여 동시에 감상하였다.

　중국시로는 당시唐詩 56수와 송시宋詩 15수를 선정하되, 동진東晉 도연명陶淵明, 육조 사조謝朓, 강엄江淹 등의 시 3수, 명대 서광계徐光啓와 현대 치우세유 등의 시 2수를 합하여 76수를 담았다. 한국 한시로는 신라 김가기金可紀, 고려 정지상鄭知常, 조선 신위申緯, 박규수朴珪壽 등 시 6수를 실었다.

자작시에 시어의 배열이 적절치 않거나, 시 내용이 산만하고 운율이 맞지 않는 점이 적지 않을 것이다. 평생 시 연구만 해온 서생으로 매우 부끄럽다.

　하나님의 은혜를 감사드리고, 특히 자작시의 한역을 윤문해주고 좋은 의견을 보태준 의사이면서 시인인 아우 유형준柳亨俊 박사의 노고에 감사한다. 그동안 여러 책을 출판해준 푸른사상사 한봉숙 사장의 후의에도 감사하는 마음 전한다.

2022년 4월

류성준柳晟俊

차례

제2부　길에서 비를 맞으며 路上遇雨

제1부

봄풀

春草

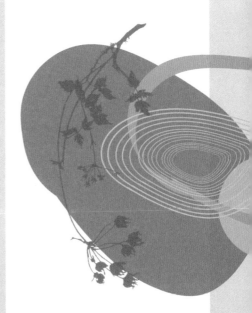

봄풀 春草

봄바람에 기운 차리고
옛 성 담장에 올라
교외로 나와 조용히 살펴보니
어디선가 풍겨오는 풀 향기

春風加氣力 춘풍가기력
爬上古城牆 파상고성장
郊外幽深探 교외유심탐
何方吹草香 하방취초향　　　　　　　　　　　　(2006. 4)

* **氣力**기력 : 심신心身의 힘. 원기. 근기. 체력
* **爬上**파상 : 기어서 올라가다
* **古城牆**고성장 : 옛 성의 담장
* **幽深**유심 : 아주 조용하다. 매우 그윽하다

　봄은 새 생명이 소생하는 계절이다. 나이 들면서 인생의 겨울
이 왔다며 너 나 없이 삶의 위축을 재촉한다. 봄을 맞는 심회는

더욱 소중하고 심기일전시키는 활력소가 되기도 한다. 유수 같은 세월이 덧없이 흘러가는 느낌을 떨칠 수 없음은, 노년의 단순한 탄식으로만 여길 수 있을까!

당대唐代 왕유王維(701~761)는 「맹성요孟城坳」(『왕우승집전주王右丞集箋注』 권3) 시에서,

맹성 입구에 새집 지었더니
늙은 버드나무 늘어져 있네
올 사람 또 누구일까
공연히 옛사람 일이 슬퍼진다

新家孟城口 신가맹성구
古木餘衰柳 고목여쇠류
來者復爲誰 래자부위수
空悲昔人有 공비석인유

라고 읊었다. 시성詩聖 두보杜甫(712~770), 시선詩仙 이백李白(700~760)과 함께 시불詩佛로 지칭된 왕유는 30세 젊은 나이에 상처喪妻하고 평생 불교에 귀의하여, 부총리 격인 우승右丞 관직까지 오른 은일낭만 시인이다. 만년에는 송지문宋之問(656?~712?)이 지은 망천輞川 별장에서 지내며 그 안에 있는 맹성요를 돌아보던 왕유는 이미 늙어 시들어버린 버드나무를 보았다. 새삼 세월의 무상함을 금할 길이 없었다. 봄날 한가한 오솔길 걸으면서, 학문 연구의 기초 대상이었던 왕유의 처지를 연상하였다.

봄꽃을 읊다 吟春花

봄 추위에 나비 아직 안 보이는데

꽃이 붉게 피니 자못 놀라워

이제 알겠다 연못 가의 버들이

언덕 가에 온 봄을 응당 샘낼 줄을

春寒蝴未見 춘한호미견

紅色已驚人 홍색이경인

今覺池邊柳 금각지변류

應嫉岸上春 응질안상춘   (2021. 3)

- **蝴**호 : 나비
- **驚人**경인 : 사람을 놀라게 하다. 여기서 인人은 꽃을 보는 사람, 시인이다
- **覺**각 : 느끼다. 깨닫다. 생각하다
- **應嫉**응질 : 응당 질투하다. 시샘하다

전원에 은거하는 삶이어서 보이는 건 풀, 나무, 꽃들이다. 집 뒷
동산에 3월이면 벌써 들꽃이 피기 시작한다. 이름도 모를 보라색,

흰색, 노란색의 풀꽃이 보인다. 장끼가 '꾸꺼' 하며 울고 새들이 지저귄다. 집 근처에 신휴지新休池라는 비교적 큰 전답 용수로 쓰이는 저수지가 있어서, 낚시꾼들의 발길이 끊이지 않는다. 매일 지팡이 들고, 그 저수지 주위를 몇 바퀴씩 돌면서 산책한다. 주변에는 배밭이 둘러 있고 논도 있다. 평생 도시 생활만 해온 사람의 눈엔, 시골의 자연현상이 새삼 신비하고 감탄스럽다. 작은 풀꽃 한 송이라도 범상치 않게 보인다.

초봄의 정경을 노래한 송대宋代 진여의陳與義(1090~1139)의 「봄 추위春寒」(『진간재집陳簡齋集』)를 떠올려본다.

> 2월 파릉은 날마다 바람이 불어
> 봄 추위 가지 않아 초가의 이 몸 떤다
> 해당화는 연짓빛 붉은 꽃 아깝지 않은지
> 외로이 보슬보슬 가랑비에 서 있구나
>
> 二月巴陵日日風 이월파릉일일풍
> 春寒未了怯園公 춘한미료겁원공
> 海棠不惜臙脂花 해당불석연지화
> 獨立濛濛細雨中 독립몽몽세우중

진여의는 당대 두보의 시를 높이 받들어서 이른바 송대의 두보라고 칭찬받은 시인이다. 그의 시는 낭만적이면서도 현실을 살피는 시심을 지니고 있어서, 송대의 유극장劉克莊은 『후촌시화後村詩話』에서,

진여의가 나오면서 비로소 두보를 스승으로 삼았다. 간결하며 엄정한 것으로 번다하고 꾸민 것을 쓸어내고, 웅혼한 것으로 지나친 기교를 바꾸었으니, 그 품격을 매기면 당연히 여러 작가 중에 으뜸이다.

及簡齋出, 始以老杜爲師. 以簡嚴掃繁縟, 以雄渾代尖巧, 第其品格, 當在諸家之上.

라고 평가하였다. 진여의는 고종高宗 건염建炎 3년(1129) 2월에 이 시를 지었는데, 그 당시에 남송南宋의 조정은 풍전등화 같은 위기에 놓여 있었다. 금병金兵이 청주青州, 서주徐州를 연파하고 초주楚州까지 진격하여 장강長江 이북을 장악하니, 고종은 양주揚州에서 진강鎭江으로, 그리고 다시 항주杭州로 피난을 갔다. 이때 시인은 악주岳州(지금의 호남성湖南省 악양岳陽)에 피난 중으로 시에 나오는 파릉巴陵도 이곳에 있다. 봄꽃을 즐겁게 보고 느낄 마음의 여유와 화평을 누릴 수 있는 현실을 기대한다.

화초 花草

별로 화초 볼 마음 없다가

문득 모란을 보러 왔네

귀여운 그 꽃 빛깔

꽃술 하나하나 곱게 피었네

別無觀草意 별무관초의

忽見牡丹來 홀견모란래

可愛其花色 가애기화색

一一蕊喜開 일일예희개   (1988. 5)

- 牡丹모란 : 미나리아재빗과에 속하는 낙엽관목. 백색 자색 홍색 등의 크고 아름다운 꽃이 핌. 목단牧丹
- 可愛가애 : 사랑할 만함. 사랑스럽다. 귀엽다
- 蕊예 : 꽃술
- 喜開희개 : 곱게 피다. 꽃 핀 것이 기쁘다

매주 하루는 학교 용인 캠퍼스로 강의하러 나갔다. 갈 때마다 아름다운 캠퍼스에 매료되곤 하였다. 평소에 뜰이나 길가에 핀 들꽃 한 송이라도 세심히 살펴볼 여유가 없이 살아왔기 때문이다. 인위적이고 기계적인 삶의 구조 속에서 맴돌며 살아왔다. 몸도 마음도 거의 삭막한 틀 안에서 살아왔다. 그래서 꽃에 관심이 없다가 우연히 화단에 핀 화려한 모란꽃 송이를 보고 여름이 오는 계절의 변화에 따른 자연현상에 경이로움을 느꼈다.

당대 왕유의 「배적 수재의 작은 누대에 올라登裴廸秀才小臺作」(『왕우승집전주』 권9) 시를 읊어본다.

멀리서 알겠나니 저 먼 숲 가에
이 처마가 보이지 않는다
반가운 손님 달 구경하러 자주 오면
문에서 맞이하여 잠그지 말라

遙知遠林際 요지원림제
不見此簷間 불견차첨간
好客多乘月 호객다승월
應門莫上關 응문막상관

왕유는 친구 배적裴廸(생졸년 불명)과 만년에 초당 시인 송지문宋之問의 별장이었던 망천장輞川莊에서 불심에 전념하며 은거 생활을 하였다. 이들은 서로 시를 지어 화답하여, '망천시輞川詩'라는 이름으로 각각 5언 절구 20수의 창화시唱和詩를 전하고 있다.

성내천 버들 城內川邊柳

하늘거리는 냇가 버들

파릇한 작은 나무에 자욱한 안개

실가지 가늘게 드리워져

어지러이 쪽배를 희롱하고

嫋嫋川邊柳　요뇨천변류

靑黃小樹煙　청황소수연

微絲細蓋下　미사세개하

散漫弄舟扁　산만롱주편　　　　　　　　　　　　　　(1994. 4)

- 城內川성내천 : 서울 송파구에 있는 하천. 마천동에서 올림픽공원까지 흐름
- 嫋嫋요뇨 : 바람이 솔솔 부는 모양. 휘늘어진 모양. 간드러진 모양
- 煙연 : 연기. 안개
- 微絲미사 : 가늘고 여린 가지
- 散漫산만 : 어수선하게 흩어져 퍼져 있음
- 舟扁주편 : 거룻배. 쪽배. 편주扁舟. 시의 율격인 운韻을 맞추기 위해 도치했다

서울시 송파구 남한산성 아랫자락인 마천동에서 올림픽공원까지 흐르는 작은 시내가 있다. 평소에는 흐르는 물이 부족하여, 한강 물을 끌어들여서 맑고 풍부한 냇물이 흐른다. 비록 큰 하천은 아니지만 수많은 시민의 안식처로서 자연 경물의 흥취마저 자아낸다. 시내 양쪽으로 평탄한 산책로가 조성되어 남녀노소 모두 즐거이 운동하기에 좋다. 냇가에는 버드나무 갈대 수선화 등 각종 수초가 자라고, 옅은 물속에는 잉어를 비롯한 물고기들이 놀고 있다. 가끔 하얀 해오라기가 다리 하나 들고 한가로이 쉬기도 한다. 도시 속의 친자연적인 풍경이어서, 비교적 가까이에 살던 우리 부부도 자주 산보하곤 하였다. 산들바람에 유난히 한들거리는 버들가지, 그 아래 흐르는 물에 마침 찰랑대는 작은 놀이용 쪽배, 버들가지와 쪽배가 함께 어울려 마치 춤을 추듯 하였다. 걸음을 멈추고 한참 바라보았다.

　버드나무를 두고 읊은 송대 강기姜夔(1155~1221)의 사詞「노란빛 버들淡黃柳」(『송사삼백수宋詞三百首』) 일단을 본다.

　　텅 빈 성에 새벽 뿔피리 소리
　　수양버들 이랑에 불어오네
　　말 위에 홑옷 입고 추워서 서글퍼
　　노랗고 고운 연푸른 버들 보노라니
　　모두 강남에서 전에 보던 것이라

　　空城曉角 공성효각

吹入垂楊陌 취입수양맥

馬上單衣寒惻惻 마상단의한측측

看盡鵝黃嫩綠 간진아황눈록

都是江南舊相識 도시강남구상식

　강기의 사 80여 수 중에는 버들과 매화를 읊은 것이 3분의 1이나 되니, 사에 나타나는 의상意象에서 그의 생활 기호와 예술적 정취를 엿볼 수 있다. 버들柳은 '머묾留'이요, 매화梅는 '고아高雅'와 '청고淸高'의 상징이기 때문이다.

지다 남은 꽃 殘花

흩어져 지다가 가지에 살짝 기대니

고운 향기 살포시 내 몸을 감싸

처마 옆에 꽃 떨기 하나 맺혀

아직도 집안 가득 봄빛으로 남아

散落幾依杪 산락기의초
芳香漫着人 방향만착인
簷邊一朶在 첨변일타재
猶有滿堂春 유유만당춘   (1995. 5)

* **殘花**잔화 : 떨어지고 남은 꽃. 쇠잔한 꽃. 빛이 바랜 꽃
* **散落**산락 : 뿔뿔이 흩어지다. 흩어져 떨어지다
* **幾**기 : 거의. 얼마. 가까울
* **杪**초 : 나무 끝. 가는 가지
* **芳香**방향 : 좋은 향기. 꽃다운 향기
* **簷邊**첨변 : 처마 옆
* **滿堂春**만당춘 : 당뿔은 집, 방. 집에 봄이 가득하다

늦봄의 정경이다. 초목에 초록빛이 뚜렷해지면서 봄꽃은 지고 계절 따라서 새로운 꽃이 피기 시작할 시기. 빠른 세월이 아쉬운지 봄 내음이 아직 가시지 않고 남아 있다. 처마 옆에도, 집 마루에도 봄 그림자가 깃들여 남아 있다. 세태가 혼란한 시기에 안정과 질서를 바라는 심정을 '봄을 바라보는(춘망春望)' 마음으로 비유하듯이, 가는 봄도 차마 보내고 싶지 않다. 지는 꽃이란 곧 가는 봄을 의미한다. 세상이 화평하고 민심이 온화하길 바라면서 희미한 봄빛이나마 더 오래 붙잡고 싶어진다.

송대 육유陸游(1125~1210)는 봄을 보내는 심정을 「지는 매화꽃落梅」(『송시대관宋詩大觀』)을 통해서 노래하고 있다. 혼탁한 세상에 희망을 가지고 절개를 굳게 지키려는 시심詩心이 깃들어 있다.

눈보라 치고 바람 세차도 더욱 늠름해
꽃 중에 절개 가장 높고 굳세지
때 지나 절로 흩날려 떨어지니
봄의 신에게 더 동정 바라기 부끄러워

雪虐風饕愈凜然 설학풍도유름연
花中氣節最高堅 화중기절최고견
過時自合飄零去 과시자합표령거
恥向東君更乞憐 치향동군갱걸련

시에서 '동군東君'은 태양신으로 봄을 주관하는 신이기도 하다. 육유의 자는 무관務觀, 호는 방옹放翁으로, 월주越州 산음山陰(지금의 절강성浙江省 소흥紹興)인이다. 남송 초년에 가정과 스승으로부터 애국 사상의 훈도를 받았다. 그의 시집인 『검남시고劍南詩稿』는 85권으로 9,135수가 수록되어 있어, 중국 시인 중 최다 작품의 소유자이다. 일생 중원 회복을 임무로 삼았고 애국 열정이 평생 식지 않았으니, 애국 시인으로 추숭推崇된다.

늦봄 暮春

아직 봄이 남았는가

심심하여 수놓은 휘장 거두고

꽃 지는 곳에 우두커니 서니

가랑비에 쌍 이루어 나는 제비

還是春殘否 환시춘잔부

無聊捲繡幃 무료권수위

落花人佇立 락화인저립

細雨燕雙飛 세우연쌍비   (2021. 5)

- **春殘**춘잔 : 봄이 남아 있다. '봄이 다하다, 끝나다' 는 '춘진春盡'
- **否**부 : 부정을 의미하는 의문조사. ~인가 아닌가. '是^시'와 의미가 연결됨
- **無聊**무료 : 심심함. 적적함. 근심이 있어 아무 즐거움이 없음
- **捲**권 : 말다. 걷다
- **繡幃**수위 : 수놓은 휘장
- **佇立**저립 : 우두커니 서다. 정지하다
- **細雨**세우 : 가랑비. 이슬비

늦봄 오후 점심 식사 후, 심신이 나른하다. 나이 들면서 식곤증이 점점 심해진다. 밤잠을 온전히 자지 못하고, 새벽에 일찍 일어나는 전형적인 노인 체질 때문이다. 기온도 제법 더위를 느낄 만큼 올라가기 시작한다. 서재에 앉아 있다가 무료해서 잔디밭 뜰로 나오니, 풀벌레가 보이고 뒤뜰 텃밭에는 씨 뿌린 각종 채소가 자라고 있다. 분홍빛 개복숭아꽃도 밝게 피고 대추나무 잎도 보인다. 앞집 처마 밑에는 제비가 둥지를 틀어 벌써 새끼도 낳았다. 지금 사는 아산의 정경이다.

송대 대문호인 소식蘇軾(1037~1101)은 「자유에게 화답하며 和子由」 4수 중 제2수인 「봄을 보내며 送春」(『소동파전집蘇東坡全集』 권13)에서 봄을 보내는 심경을 다음과 같이 읊고 있다.

꿈처럼 가버린 청춘 따라갈 수 있으랴
시를 지어 석양에 매어놓고녀
술에 빠져 병든 나그네 졸기만 하고
꿀 먹은 노란 벌 느리게 난다
작약과 앵두꽃 다 땅에 흔적 없어
귀밑털 흰 이 몸 참선하며 세상일 잊다
그대에게 '법계관' 책 빌려다가
세상 온갖 근심 씻어볼까나

夢裏靑春可得追 몽리청춘가득추
欲將詩句絆餘暉 욕장시구반여휘
酒闌病客惟思睡 주란병객유사수

蜜熟黃蜂亦懶飛 밀숙황봉역라비
芍藥櫻桃俱掃地 작약앵도구소지
鬢絲禪榻兩忘機 빈사선탑양망기
憑君借取法界觀 빙군차취법계관
一洗人間萬事非 일세인간만사비

　동생 소철蘇轍이 희녕熙寧 7년(1074) 봄에 제주齊州 장서기掌書記
에 임명되어 「'유민 전승의 봄을 보내며' 시의 운을 빌려서次韻劉
敏殿丞送春」라는 시를 지었는데, 이에 소식이 창화시唱和詩로 지은
것이다. '법계관法界觀'은 당대 두순杜順이 기술한 『주화엄법계관注
華嚴法界觀』으로서 소철에게서 빌려 본 것을 말한다. 소식의 자는
자첨子瞻, 호는 동파거사東坡居士로, 미주眉州 미산眉山(지금의 사천四川)
인이다. '당송팔대가唐宋八大家'의 한 사람이며 부친 소순蘇洵, 동생
소철蘇轍과 함께 '삼소三蘇'라 불린다. 소식은 시문 모두에 북송 최
고 작가로서, 시풍은 호방하고 자재自在하였으며 문풍은 창달하고,
사풍은 호방하고, 서법은 천진난만하였다. 그의 시론은 '경여의합
境與意合' 즉 외물外物과 내의內意의 조화를 주장하며 '시화동원詩畫
同源' 즉 시와 그림은 근원이 같다는 소위 시와 예술의 상관성을
강조하여 당대 왕유의 시화詩畫를 평해서 "시 속에 그림이 있고,
그림 속에 시가 있다(시중유화詩中有畫, 화중유시畫中有詩)"라는 명구를 남
겼다.

강가 마을 江村

날 저문 강가에 쪽배 하나
지금 보이는 건 낚시하는 노인
모래톱엔 외로운 달 밝은데
홀로 앉아 봄바람 즐기네

日暮江邊舴 일모강변책
今觀釣水翁 금관조수옹
平沙孤月白 평사고월백
獨坐樂春風 독좌락춘풍   (1988. 4)

- 日暮일모 : 날이 저묾
- 舴책 : 작은 배. 거룻배
- 釣水翁조수옹 : 낚시하는 노인
- 平沙평사 : 평편한 모래톱. 모래펄

    전형적인 산수 전원의 풍경에 자신의 은둔적인 탈속 의식을 담
고 있다. 초저녁 강가의 소삭배 하나 떠 있고, 그 위에 백발노인

이 낚싯줄을 잡고 앉아 있다. 멀리서 바라보는 시심은 한 폭의 산수화를 감상한다.

　계절은 다르지만 당대 유종원柳宗元(772~819)의 「눈 내린 강江雪」(『전당시』 권350) 시와 산수에서의 한가로운 흥취를 같이할 수 있을 것이다.

　　　온 산에 나는 새 끊기고
　　　길마다 인적이 없네
　　　외론 쪽배 도롱이 삿갓 쓴 노인
　　　홀로 눈 내리는 찬 강에 낚시하네

　　　千山鳥飛絶 천산조비절
　　　萬徑人蹤滅 만경인종멸
　　　孤舟簑笠翁 고주사립옹
　　　獨釣寒江雪 독조한강설

　강가의 설경雪景을 묘사하고 있다. 매우 고독한 심경을 느끼게 한다. 유종원 시의 풍격을 "맑고 새롭고 우뚝 빼어나다(청신초발淸新峭拔)"라고 한 품평에 적합하다. 시의 구도를 보면 앞의 두 구는 '설雪'을 암시하고, 제3구는 '강江'을 암시하며 제4구는 '강설江雪'로 귀결짓고 있다. 경치의 안배가 교묘하여 시 속에 그림이 있다. 유종원은 자가 자후子厚이며 하동河東 해현解縣(지금의 산서성山西省 영제永濟)인이다. 당송팔대가의 한 사람이며 그의 시는 자연 경물을 주로 묘사하고 있다. 그 연유는 왕숙문당王叔文黨에 연좌되어 오랜 세월 소주자사邵州刺史를 거쳐 영주사마永州司馬로 7년, 그리고 유주자사柳州刺史로 5년을 지내면서 결국 지방관리로 삶을 마감한 데에 있다. 역경으로 점철된 그의 생애가 오히려 불후의 명작들을 낳게 한 것이다.

석탑 石塔

천년이 한순간에 지나고

홀로 선 탑엔 풀 꽃이 깊다

만 리 멀리 황혼빛 물들어

이 한 몸 숨어 살 마음 이누나

千年一瞬去 천년일순거

獨塔草花深 독탑초화심

萬里黃昏色 만리황혼색

一身起遁心 일신기둔심   (1989. 7)

* **石塔**석탑 : 돌을 쌓아 만든 탑
* **一瞬**일순 : 눈 한번 깜짝하는 일. 일순간. 짧은 시간. 한번 보는 일
* **獨塔**독탑 : 홀로 선 탑
* **萬里**만리 : 먼 거리, 먼 곳을 의미
* **遁心**둔심 : 둔사遁思. 은둔하고자 하는 생각. 속세를 피할 마음

강화도 길상면에 위치한 천년고찰 전등사는 처가에서 가깝다. 처가에 갈 때마다 산보 코스로 그 절에 자주 가곤 한다. 절 한쪽에 작은 석탑이 서 있다. 속계俗界를 벗어난 심정으로 우두커니 서서 한동안 명상에 잠긴다. 동시에 회고와 회한도 밀려온다.

한때 승려였던 시인 가도賈島(779~843)는 그의 명시 「은거하는 이 찾아가 못 만나고尋隱者不遇」(『당시삼백수唐詩三百首』)에서 다음과 같이 읊었다.

> 소나무 아래 아이에게 물으니
> 말하길 약초 캐러 가셨어요
> 다만 이 산속에 계실 텐데
> 구름이 깊어 계신 곳을 몰라요
>
> 松下問童子 송하문동자
> 言師採藥去 언사채약거
> 只在此山中 지재차산중
> 雲深不知處 운심부지처

친구를 방문하고 쓴 시로서 문답체인데, 초탈적이면서 청아淸雅한 풍격을 보여준다. 명대 유잠游潛은 "시는 반드시 궁한 경지에 이른 후에야 공교로워진다(詩必窮者而後工耳)"(『몽초시화夢蕉詩話』)라고 하였다. 가도의 자는 낭선浪仙이며, 범양范陽(지금의 북경北京 부근)인으로 여러 번 과거에 낙방하고 빈곤하여 출가해서 화상和尙이 되니 법명은 무본無本이다. 후에 한유韓愈가 환속을 권유하여 한유에게서 시문을 배웠다. 문종文宗 개성開成 연간(837)에 장강長江(지금의 사천성 봉계蓬溪 봉래진蓬萊鎭) 주부主簿에 임명되니 세칭 '가장강賈長江'이라 하고, 3년 후 보주사호普州司戶로 좌천되어 가던 중 졸하였다. 일생이 청빈하여 사후에 남은 것은 병든 노새와 낡은 거문고 하나뿐이었으니, 맹교孟郊와 함께 '맹교는 빈한하고 가도는 야위다(郊寒島瘦)'란 고사성어가 나왔다. 승려와 빈곤의 삶이었던 관계로 그의 시풍은 청고淸苦하니, 『비점당음批點唐音』에서 "가도의 시는 청신하고 진실하여 스스로 일가를 이루었는데 다만 온유하고 돈후한 면이 적을 뿐이다(浪仙詩淸新沈實, 自足爲一家, 但少從容敦厚耳)"라고 평하였다.

멀리 바라보며 眺望

맑은 새벽 외딴 토성 위에 올라

앞산 봉우리 멀리 바라보니

아득히 하늘과 강물 가지런하고

희뿌연 안개 푸른 숲을 가리네

淸晨孤堡上 청신고보상

極目對前岑 극목대전잠

遙遠平天水 요원평천수

微煙蔽綠林 미연폐록림   (1999. 5)

- **眺望**조망 : 멀리 바라봄. 또, 그 경치
- **淸晨**청신 : 맑은 새벽. 청단淸旦
- **孤堡**고보 : 외진 작은 토성. 보堡는 흙과 돌로 쌓은 작은 성
- **極目**극목 : 멀리 보다. 시력이 미치는 한
- **岑**잠 : 산봉우리. 언덕
- **遙遠**요원 : 아득히 멂
- **平天水**평천수 : 하늘과 강물이 맞닿는 수평선. 천수天水는 하늘과 물, 빗물
- **微煙**미연 : 희미한 안개

겉으로 보기에는 단순한 수평선을 바라보며 산수를 읊었지만, 그 내심은 마지막 구의 "희뿌연 안개가 푸른 숲을 가리네"에 있다. 화평한 광경 앞에 흰 안개가 시야를 흐리게 하고 가리는 현상이다. 순간적으로 답답한 심경이 들게 한다. 이것은 일종의 "경치속에 정감이 있다(경중유정景中有情)"이며 "정감과 경치가 서로 어울린다(정경교융情景交融)"의 묘사법이다. 경물을 통하여 시인의 정서를 비유한다. 국가의 안정과 사회의 질서를 염려하여 그 불안 요인이 사라지길 기원하면서, 가려진 안개가 걷히기를 바란다.

중당시인 노륜盧綸(748~799)은 우국애민憂國愛民의 심정을 평화와 안정이라는 소망 의식으로 승화시켜서 「장안에서 봄을 바라며長安春望」(『전당시』권279)에서 고난 중에 봄을 그리듯 태평 시대를 희구하고 있다.

동풍에 비바람 푸른 산 스쳐 가니
오히려 풀빛 사이로 많은 집이 보인다
집이 꿈속에 보이니 언제나 돌아가리
봄 오면 강가에 몇이나 돌아갈 건가
저 뜬구름 밖에 산천 감돌아 들고
지는 해 사이로 궁궐 우뻣주뻣 서 있네.
뉘 선비로 어려운 세상 만날 줄 생각했겠나
홀로 늙은 이 몸 진관의 나그네 되리

東風吹雨過靑山 동풍취우과청산
卻望千門草色閑 각망천문초색한

家在夢中何日到 가재몽중하일도
春來江上幾人還 춘래강상기인환
川原繚繞浮雲外 천원료요부운외
宮闕參差落照間 궁궐참치락조간
誰念爲儒逢世亂 수념위유봉세란
獨將衰鬢客秦關 독장쇠빈객진관

　첫 두 구의 '동풍東風'과 '청산靑山'은 봄의 모습이며, '천문千門'
과 '초색草色'은 장안長安(지금의 섬서성陝西省 서안西安)을 의미한다. 말
구의 '진관秦關'은 섬서성 남쪽에 있는 진령秦嶺의 관문이다. 소망
중의 청산은 고향 생각의 의취이다. 제2연은 무료한 듯하지만 자
나 깨나 그리운 집 생각뿐 실현되지 못하고, 제3연에서 진정한
'춘망春望'(평화의 도래)의 희망찬 시정을 토로한다. 그러면서 현실을
직시하는 자신의 모습을 묘사하고 있다. 이 시에 대한 후인들의
평가를 살펴보자.

① 전란의 상심을 담은 뜻이 표현된 어구 이상으로 흘러넘친다傷亂
　之意, 溢於言外(『당시훈해唐詩訓解』)
② 첫 구절은 온화하고 완만하며, 다음 연은 짜임새 있고 밝으며,
　제5, 6구는 비장하고, 결구는 성정이 밝히 드러나서 처량한 성
　조를 머금고 있다. 起調和緩, 接聯警亮, 五六悲壯, 結處點明情事, 終含
　凄怨之聲.(『당시적초唐詩摘鈔』)

중당대 대력大曆 연간(766~779)에 활동한 시인 중에서 대표석인

작가를 일컬어서 '대력십재자大歷十才子'라 하는데, 노륜은 그중의 한 사람으로 그의 생애에 대한 원대 신문방辛文房의 『당재자전唐才子傳』(권4)의 기록을 보기로 한다.

노륜의 자는 윤언이며, 하중인이다. 천보 연간의 난리를 피하여 파양에서 나그네 생활을 하였다. 검교호부낭중과 감찰어사를 거쳐서 질병을 핑계로 관직을 떠났다. 처음에 외삼촌 위거모가 덕종의 총애를 얻으면서, 그의 재능을 비로소 드러냈다. 노륜의 글은 매우 뛰어나서 시단의 왕성한 때의 풍격에 뒤지지 않아서 마치 삼하 소년인 조식曹植에 비길 만하니 그 풍류는 절로 칭찬할 만하다.

綸字允言, 河中人. 避天寶亂, 來客鄱陽. 累遷檢校戶部郞中, 監察御使, 稱疾去. 初, 舅韋渠牟得幸德宗, 因表其才. 綸所作特勝, 不減盛時, 如三河少年, 風流自賞.

입추 立秋

오늘 새벽 두터운 속옷 걸치니

문득 벌써 가을바람 감도네

하늘은 더운 기운 거두고

뜰 담에선 가을 소리 들리네

今晨披厚襯 금신피후츤

忽已帶金風 홀이대금풍

雲漢收炎氣 운한수염기

園墻聽秋聲 원장청추성　　　　　　　　　　　(2021. 9)

* 立秋입추 : 이십사절기의 열셋째. 양력 8월 7~8일경. 가을이 시작된다는 뜻
* 今晨금신 : 오늘 새벽
* 披피 : 입다. 걸치다
* 厚襯후츤 : 따스한 속옷. (츤삼襯衫-속옷. 츤의襯衣-속옷, 내의)
* 金風금풍 : 가을바람. 오행설의 가을. 추풍秋風
* 雲漢운한 : 은하銀河. 하늘
* 炎氣염기 : 뜨거운 기운. 여름의 더운 기색
* 園墻원장 : 뜰의 담

유난히 무더워서 버거웠던 여름을 지내고 맞는 아산 시골의 가을은 도시에서의 여느 가을보다 활기차다. 도시와 달리, 뜰에서 초목을 다듬고 텃밭의 채소도 돌보는 농부 같은 삶 덕분이리라. 잔디밭에 모여든 천방지축 메뚜기들이 텃밭 상추며 무 배추 잎을 파먹고, 날이 어두워지면 검은 귀뚜라미가 뛰놀고, 밤이 깊어지면 그 우는 소리가 마치 합창곡처럼 들려오고…… 시에서 '추성秋聲'은 귀뚜라미 소리다.

마침 송대 양만리楊萬里(1124~1206)의 「가을을 느끼며感秋」(『송시대관』) 시가 떠오른다.

> 예전엔 가을이 쓸쓸치 않고 사랑스러워
> 달빛 어린 누대에서 바람 맞아 피리 불었지
> 지금 가을빛이 온전히 예 같은데
> 가을을 슬퍼하지 않으려 하나 맘대로 안 되네

> 舊不愁秋只愛秋 구불수추지애추
> 風中吹笛月中樓 풍중취적월중루
> 如今秋色渾如舊 여금추색혼여구
> 欲不悲秋不自由 욕불비추부자유

초가을의 감회를 읊고 있다. 시의 율격을 중시하는 강서시파江西詩派 시인인 양만리가 자연 친화적인 정서를 표현한 작품이다. 양만리의 자는 정수廷秀, 호는 성재誠齋로, 길주吉州(지금의 강서성江西省 길안吉安)인이다. 소흥紹興 24년(1154)에 진사에 오르고, '정심성의

正心誠意'(바른 마음과 정성된 뜻)로 면려한다는 마음으로 자호自號를 '성재誠齋'라 하였다. 경학에 박통하고, 명예와 절개를 중시하였으며, 성품이 강직하여 금金나라에 대항할 것을 주장하고, 민생의 질고에 관심을 두어 조정에서 간언을 자주 하였다. 15년간 은둔하며 국사에 울분을 품고 죽으니, 시호를 문절文節이라 하였다. 작시가 2만여 수에 달하였으나, 현존하는 것은 4,200여 수다. 그의 시는 생동 활발하며 상상이 풍부하고, 시어가 명백하고 유창하면서도 유머 감각이 풍부하여 '양성재체楊誠齋體'라고 칭한다. 육유陸游, 범성대范成大, 우무尤袤 등과 함께 '중흥사대시인中興四大詩人'의 한 사람이다.

깊은 생각 幽思

이 몸 본디 변변치 못한 신세
홀로 맑은 마음 지니고 돌아가
교외에 노닐며 한가로운데
어지럽게 낙엽이 흩날리네

一身本薄微 일신본박미
獨守淨心歸 독수정심귀
城郊遊閑寂 성교유한적
繽紛落葉飛 빈분락엽비   (2020. 10)

* **幽思**유사 : 깊은 생각. 유념幽念
* **薄微**박미 : 가볍고 변변치 못함.
* **淨心**정심 : 맑은 마음. 정결한 마음. 깨끗한 마음
* **閑寂**한적 : 한가하고 고요함
* **繽粉**빈분 : 어지럽다. 어지러이 흩어지는 모양

은퇴 후에 일체의 대외활동을 자제하고, 건강과 독서에 마음을 쏟으며, 생활 중에 항상 사색을 즐겨 하는 습관이 생겼다. 깊은 사색은 주로 초탈과 은둔 중에 회고와 반성의 기회가 된다. 회고컨대, 이미 계시지 않은 스승 차상원車相轅, 차주환車柱環, 장기근張基槿 선생님, 그리고 연세 구순에도 학문 연구에 쉬지 않으시는 김학주金學主, 이병한李炳漢, 이석호李錫浩 선생님, 스승들의 은혜를 잊지 않고 감사한다.

육조六朝 시대 양梁나라 강엄江淹(444~505)의 「가을 생각秋思」(『전한삼국진육조시全漢三國晉六朝詩』 전양시全梁詩 권5)이 심경에 울려온다.

맑은 물결 날로 여울물에 모두고
고운 숲에 막 피리 소리 울리네
연꽃 이슬에 떨어지고
수양버들 달빛에 성그네
연나라 장막에 상수 비단 이불 덮고
조나라 허리띠에 유황 비단 소매 입네
그리워하며 님의 소식이 막히니
헤어져 지내는 마음 꿈에 깊이 맺히네

淸波收潦日 청파수료일
華林鳴籟初 화림명뢰초
芙蓉露下落 부용로하락
楊柳月中疎 양류월중소
燕幬湘綺被 연위상기피

趙帶流黃裾　조대류황거
相思阻音信　상사조음신
結夢感離居　결몽감리거

이 시에 대해 송대 허의許顗는 『허언주시화許彦周詩話』에서 말하
기를,

육조 시인을 깊이 읽지 않을 수 없으니, 예컨대 "연꽃 이슬에 떨어
지고, 수양버들 달빛에 성그네." 다듬어지기가 이러하니 당대 이래로
따라갈 수 있는 사람이 없다. 한유는 말하기를, "…이 시는 나로서는
감히 따질 수도 없고 따라갈 수도 없다." 六朝詩人不可不熟讀, 如「芙蓉露
下落, 楊柳月中疎.」 鍛鍊至此, 自唐以來無人能及也. 退之云: … 此語吾不敢議之,
不敢從.

라고 하였다. 강엄은 자가 문통文通이며, 제양濟陽 고성考城 사람이
다. 그는 육조 문인 중에서 비교적 많은 시부詩賦를 남긴 작가로서
후대에 적지 않은 영향을 주었다. 강엄은 유효작劉孝綽, 왕균王筠,
오균吳筠, 구지丘遲 등과 함께 궁체문학宮體文學을 성행케 하였다.

서재에서 바라보며 書房晴望

한가로이 지내며 세상일 버리고
저자 소리와 멀리한 지 오래
땅거미 지자 문 닫으니
누가 이 낙원을 알겠는가

幽居塵事棄 유거진사기
久離市朝喧 구리시조훤
薄暮方門閉 박모방문폐
誰知此樂園 수지차락원   (2020. 11)

* **晴望**청망 : 맑을 청晴 바라볼 망望. 비가 그치고 맑고 밝게 갠 날에 바라보다
* **幽居**유거 : 세상을 피하여 한적하고 궁벽한 곳에 살다. 한가롭게 살다
* **塵事**진사 : 세속의 일. 세상일
* **市朝**시조 : 사람이 많이 모이는 곳. 물건이 많이 모이는 곳
* **喧**훤 : 떠들썩하다. 시끄럽다
* **薄暮**박모 : 땅거미. 황혼
* **樂園**락원 : 즐겁고 편안한 뜰. 괴로움이나 고통 없이 안락하게 살 수 있는 즐 거운 곳

지금 사는 집에서 마트나 병원까지 거리가 자동차로 10분 이상 걸리니까, 저잣거리(시조市朝)와는 상당히 떨어져 있다. 집 아래층에 침실과 거실 부엌 등이 있고, 위층엔 도서방圖書房과 베란다가 있다. 도서방은 책도 읽고 사색하고 글 쓰고 기도도 하며 거의 하루를 보내는 노년의 유일한 공간이다. 동쪽과 서쪽에 각각 창문이 나 있어서 오전엔 동쪽으로 오후엔 서쪽으로 햇빛이 든다. 동쪽으로 넓은 배밭과 논이 보이고, 서쪽으로 뒷동산이 있어서 각종 초목이 무성하다. 이름 모를 새들의 우는 소리가 들리고, 심지어 '꾸꺼' 하며 장끼도 날아간다. 집 뒤뜰에는 가끔 뱀도 드나든다. 이 도서방의 앞뒤 창문으로 바깥 경치를 바라보는 즐거움을 '낙원樂園'이라는 말로 대신하고 싶다.

　　왕유의 「장소부에게 보낸다酬張少府」(『왕우승집전주』 권3)를 떠올려 본다.

> 늙어가며 고요히 지낼 뿐
> 세상만사 관심이 없네
> 스스로 돌아보아 좋은 방책 없으니
> 공허히 옛 숲속으로 돌아갈 줄 알지니
> 솔 새로 부는 바람 허리띠 풀어주고
> 산 위에 달 거문고 타는 이 비춘다
> 그대 삶의 이치 아는지 묻는데
> 어부 노래가 포구 깊숙이 들려온다

晚年唯好靜 만년유호정

萬事不關心 만사불관심
自顧無長策 자고무장책
空知返舊林 공지반구림
松風吹解帶 송풍취해대
山月照彈琴 산월조탄금
君問窮通理 군문궁통리
漁歌入浦深 어가입포심

　시 속에 참선參禪의 이치가 스며 있다. 응답을 정면으로 하지 않고 단지 산수의 경물을 묘사하면서, 어부의 노랫소리가 포구에서 들려온다는 말로 탈속의 흥취를 보여준다. "글자 하나 드러내지 않으면서 풍류를 다 표현한다(不著一字, 書得風流)"는 기법이 발휘되어 있다.

달 뜬 저녁 月夕

밤 달이 먼 하늘에 밝은데
노란 국화꽃 내 마음 같아라
그리워하며 만날 수 없는데
가까이서 휘파람 소리 들린다

夜月遠霄明 야월원소명
黃華同我情 황화동아정
相思未見面 상사미견면
近處嘯聲聽 근처소성청   (2020. 11)

* **遠霄**원소 : 높고 먼 하늘
* **黃華**황화 : 노란 꽃, 곧 황국黃菊의 꽃. 국화菊花의 별칭
* **相思**상사 : 생각하다. 그리워하다. 시에서 상相은 뜻풀이하지 않는다
* **未見面**미견면 : 만나보지 못하다. 만날 수 없다
* **嘯**소 : 휘파람. (장소長嘯 – 길게 휘파람 분다는 뜻으로 도교의 긴 호흡하는 수
  련법. 단전호흡을 뜻함)

가을의 달은 정갈하면서도 때로는 쓸쓸하게 느껴진다. 시골의 맑은 밤하늘엔 달이 밝고 별도 많다. 도시에선 상상할 수 없는 광경이다. 서재에 놓인 들국화 화분에선 국향菊香이 매우 짙다. 전원에 살면서 학창시절의 동창생들, 군대 동기생들, 동료 교수들이 그립다. 그러나 마음뿐. 거리감, 노령화, 코로나19로 인한 기피 의식 등으로 심리적으로 위축되고 신체적으로 자신이 없어져, 외출과 상경은 극히 제한적일 수밖에 없는 현실이다. 이런 개인적·사회적인 소외 의식으로부터 더 나이 들기 전에 탈피할 수 있도록 심기일전心機一轉하고 싶다.

　당대 두보는 그의 「달밤月夜」(『전당시』 권220)에서 달이 뜬 밤을 다음과 같이 노래하고 있다.

　　오늘 밤 부주의 달
　　규방에서 홀로 보겠지
　　멀리 어린 아들딸 그립고 사랑하니
　　장안 나그네 된 나를 잘 알지 못하리
　　향기로운 안개는 구름 같은 머리 적시고
　　맑은 달빛에 옥 같은 팔 차가워라
　　언제나 텅 빈 장막에 기대어
　　달빛 어린 두 줄기 눈물 자국 닦을 건지

　　今夜鄜州月 금야부주월
　　閨中只獨看 규중지독간
　　遙憐小兒女 요련소아녀

未解憶長安 미해억장안
香霧雲鬟濕 향무운환습
淸輝玉臂寒 청휘옥비한
何時倚虛幌 하시의허황
雙照淚痕乾 쌍조루흔건

　두보가 처자식을 그리워하며 읊은 애절한 시이다. 천보天寶 15
년(756) 여름, 그의 나이 44세에 가족을 부주에 두고서, 숙종肅宗이
영무靈武에서 즉위하였다는 말을 듣고 영무로 가다가 안록산安祿山
군대에 포로가 되어 장안으로 끌려가서 연명하던 시기에 쓴 시이
다. 시의 묘사가 진실하고 감동적이며 풍격은 '위곡委曲'(시 내용이
진실하고 상세함)하다.

가을 구름 秋雲

멀리 높은 하늘 바라보니 푸른데

푸른 듯 잿빛인 듯 깃털 치마

천 리 밖 저 먼 데 바라보고파

모름지기 밝은 창가로 다가서

遠望高空碧 원망고공벽

靑灰如羽裳 청회여우상

欲窮千里眼 욕궁천리안

須暢適紗窓 수창적사창   (1990. 10)

- 如여 : ～같다
- 羽裳우상 : 깃털로 만든 치마, 옷. 신선의 옷
- 千里眼천리안 : 천 리를 내다보는 눈. 멀리 바라보는 안목
- 暢適창적 : 화락함. 마음 밝게 가다, 나가다
- 紗窓사창 : 깁을 바른 창

관악산 자락에 자리 잡은 서울대학교 캠퍼스는 넓고 경치가 수려하다. 학교 교실에서 바라보는 가을 하늘은 맑고 밝다. 하늘에 높이 떠 있는 구름도 선명하다. 그 흰 구름이 새털처럼 가늘고 길다. 보기에 따라선 마치 선녀가 입는 깃털 치마같이 신선하고 황홀하다. 대구에서 상경한 후 그 이듬해(1981)부터 10년간 매주 하루, 모교에 출강하여 스승과 선배 교수들을 만나고, 동학들과 공부하던 즐거움은 매우 뜻깊은 시간이었다.

위의 시 제3구는 당대 왕지환王之渙(695~?)의 다음 「관작루에 올라登鸛雀樓」(『전당시』 권253)의 "욕궁천리목欲窮千里目"을 차용한 것이다.

> 밝은 해 서산에 기대어지고
> 황하 강물 바다로 흘러들어
> 천 리 멀리 다 바라보려면
> 누대를 한층 더 올라가야지

> 白日依山盡 백일의산진
> 黃河入海流 황하입해류
> 欲窮千里目 욕궁천리목
> 更上一層樓 갱상일층루

중국인이 지금도 가장 애송하는 명시로 많이 인용된다. 인생행로는 기복이 심해서 불변과 부단의 의지가 요구된다. 그 의지를 표현하고 또 권면한 왕지환은 병주幷州(지금의 산서성山西省 태원시太原

市)인으로 평생 평민으로 살면서 산천을 유람한 시인이다. 관작루 鸛雀樓는 지금의 산서성 포현蒲縣 서남쪽에 있던 누각으로서, '관작'은 황새 종류의 새를 말한다. 시인이 누각에 올라가 읊은 일종의 산수시이지만, 내용은 원대한 삶의 목표를 가지고 발전적인 방향으로 나아가기를 바라고 있다. 앞 2구에서 누각에 올라, 노을이 물든 저녁에 황하가 도도하게 서해로 흘러 들어가는 광경을 묘사하고, 뒤 2구에서는 장대한 경치 속에 객고를 풀면서 자신의 의지를 토로하고 있다. 박근혜 전 대통령이 중국 방문 시에(2013), 중국 시진핑習近平 주석이 이 시의 액자를 기증하여 양국의 발전적 우의를 표시하기도 하였다.

추석 달 仲秋月

구름 사이로 밝은 달 나오니

밝았다 사라졌다 미인 얼굴

맑고 밝은 달빛 비추길 바라는데

어찌하여 둥근 옥 반지 감추는지

雲間出皎月 운간출교월
明滅似紅顔 명멸사홍안
期望淸亮色 기망청량색
何爲藏玉環 하위장옥환   (2021. 9)

* 仲秋중추 : 팔월 한가위. 추석. 음력 8월 15일
* 皎月교월 : 밝은 달
* 明滅명멸 : 불이 켜졌다 꺼졌다 함. 밝아졌다 사라졌다 함. 여기선 보름달이 구름 때문에 보이다가 가려지는 모습을 묘사
* 紅顔홍안 : 붉고 윤이 나는 아름다운 얼굴. 미인의 얼굴
* 期望기망 : 희망을 가지고 바라보다. 기다리다. 기대다
* 淸亮청량 : (마음이) 맑고 밝다. (소리가) 맑다
* 何爲하위 : 어찌하여. 어찌 ~하는가
* 玉環옥환 : 빛나고 둥근 옥반지

순수하게 추석의 보름달을 바라보며 읊은 것이다. 한가위 하늘
이지만 간간이 구름이 달을 가렸다가 벗었다 한다. 문득 당대 두
목杜牧(803~852)의 시 「추석秋夕」(『당시삼백수』)이 생각난다. 때가 다르
고 처지가 같지 않으나, 사회생활로부터 이미 벗어난 신세는 두목
과 다르지 않다. 아산도 시골이라서 추석 전후의 날씨가 저녁에는
제법 서늘하다. 뜰에는 가을 메뚜기 사마귀 여치 등이 잔디밭을
뛰놀고, 밤에는 귀뚜라미의 합창 소리 등 풀벌레가 여름 한창때를
아쉬워하며 노래한다. 마음이 한가로우면서도 다소 상심에 젖기
도 한다.

가을밤 은빛 촛불 그림 병풍에 차게 감도니
작은 비단부채로 날고 있는 개똥벌레 잡네
바깥 돌계단에 드리운 달빛 서늘하기가 물 같은데
앉아서 견우성과 직녀성 바라본다

銀燭秋光冷畵屛 은촉추광랭화병
輕羅小扇撲流螢 경라소선박류형
天階夜色涼如水 천계야색량여수
坐看牽牛織女星 좌간견우직녀성

추야秋夜를 묘사한 시로 아름답기가 한 폭의 그림 같다. "시 속
에 그림 있고, 그림 속에 시가 있다(詩中有畵, 畵中有詩)." 시어가 청
려하고 화면이 선명하여, 가을의 서늘한 야경이 한 발랄한 소녀를
민나는 듯하다. 비단부채로 개똥벌레를 쫓고, 돌계단에 앉아서 하

늘을 바라보며 견우직녀 설화를 연상한다. 두목의 자는 목지牧之, 장안長安 사람이다. 그의 7언 절구시는 특히 백미로서 우아하고 세련된 시어와 함축된 시정을 담고 있다. 유미적인 면도 있으나 우국애민적인 호건풍豪健風도 지니고 있어서 '작은 두보' 즉 '소두 小杜'라고 부른다.

냇가 물고기 부러워 川邊羨魚

나그네 되어 온갖 근심 스며들어

물고기 잡으러 이제 여기에 있네

그물 치는 데 힘없진 않지만

우두커니 서서 홀로 깊은 생각에 드네

有客侵愁百 유객침수백

求魚卽在今 구어즉재금

結罟無不力 결고무불력

佇立獨思沈 저립독사침   (2021. 6)

* 羨魚선어 : 물고기를 부러워하다. 살면서 자유로이 노니는 물고기의 모습이
  부럽다
* 有客유객 : 어떤 나그네. 여기서 유有는 비지칭非指稱이며 조자助字
* 百백 : 일백. 많다
* 結罟결고 : 그물을 매다, 치다
* 無不力무불력 : 힘이 없는 것이 아니다. 이중부정 형식으로 힘이 아직 있다
* 佇立저립 : 우두커니 서다. 정지하다

아산 음봉면陰峰面에는 신휴新休 저수지가 있고, 그 물이 작은 냇물이 되어 흘러간다. 집에서 걸어서 10분 거리이므로 산책 코스로 적당하다. 아주 맑은 물은 아니지만, 붕어 메기 가물치 등 물고기가 상당히 많아 낚시꾼들이 끊이지 않고 찾아온다. 주변에 논도 있고 배밭으로 둘러싸여 있는 비교적 아늑한 낚시터이다.

당대 맹호연孟浩然(689~740)이 동정호洞庭湖를 읊은 「동정호에서 장 승상에게望洞庭湖贈張丞相」(『전당시』 권159)는 "텅 비고 넓기 그지없어 기상이 웅대하다(空闊無際, 氣象雄壯)"라 할 것이니, 작은 저수지에 서 있는 한적한 심정과 대조를 이룬다.

> 8월 호수는 잔잔하니
> 달 비췬 맑은 물 하늘에 닿아 있네
> 물안개 운몽택에 피어오르고
> 파도는 악양성을 흔드네
> 건너려 해도 배 노가 없으니
> 편안히 거하매 임금께 부끄럽네
> 앉아서 낚시 드리운 이를 보노니
> 공연히 물고기 마음이 부러워라

> 八月湖水平 팔월호수평
> 涵虛混太淸 함허혼태청
> 氣蒸雲夢澤 기증운몽택
> 波撼岳陽城 파감악양성
> 欲濟無舟楫 욕제무주즙

端居恥聖明 단거치성명
坐觀垂釣者 좌관수조자
空有羨魚情 공유선어정

　맹호연이 야인野人의 입장에서 동정호를 유람하며 승상 장구령
張九齡(673~740)에게 은유적으로 자신의 출사를 바라는 의취를 담고
있다. 시의 제2연에 대해서 『연등기문燃燈記聞』에서 "시를 짓는 데
는 모름지기 장법과 구법, 자법이 있어야 한다. …예컨대 '기운은
운몽택에 피어오르고, 파도는 악양성을 흔드네.' 구절에서 '증蒸'
자와 '감撼' 자는 얼마나 울려 나고 얼마나 뚜렷하고 얼마나 빼어
난가(爲詩須有章法句法字法 …如氣蒸雲夢澤, 波撼岳陽城. 蒸字撼字, 何等響,
何等確, 何等警拔也)."라고 매우 심도 있는 평을 하고 있다.

중양절 重陽節

좋은 절기 아침이 맑게 갠 후

사방 멀리 안개구름 하나 없이

흰 이슬 밝은 하늘 깨끗한데

노란 국화 곱살하게 떨기 지어 피네

佳節朝霽後 가절조제후
四遠霧雲空 사원무운공
白露晴空淨 백로청공정
黃華細緻叢 황화세치총   (1984. 10)

- **重陽節**중양절 : 음력 9월 9일의 명절. 구일九日. '중양重陽'은 높은 하늘이란 뜻
- **霽後**제후 : 비가 갠 뒤
- **四遠**사원 : 사방의 먼 곳
- **霧雲**무운 : 안개와 구름
- **細緻**세치 : 가늘고 고움
- **叢**총 : 모이다. 떨기. 숲. 대나무숲은 죽총竹叢

음력 9월 9일 중양절은 깊은 가을이다. 산천초목은 초록빛이 퇴색하고 황홍색의 단풍과 낙엽이 완연하다. 오곡백과는 무르익어 수확하는 시절이고 겨울을 준비하는 길목이다. 연세대학교 대학원에 출강할 때, 100년이 넘은 유서 깊은 캠퍼스를 이리저리 걷곤 하였다. 한구석에 서 있는 산수유 열매는 빨갛게 익어 떨어지려 하고 오솔길에 놓인 화분에 노랗게 핀 들국화는 향기를 풍기고 있었다. 특히 들국화(野菊)를 좋아하게 된 일화가 있다. 한국전쟁(1950)이 발발한 6월에 피난했다가 10월에 서울을 수복하여 귀가했을 때, 작은 화분에 핀 메마른 국화꽃을 보고 깊이 감동했었다. 어린 마음에 그 끈질긴 생명력이 놀라웠다. 그리하여 가을만 되면 국화 화분을 집 안에 들여놓는 습관이 아직도 남아 있다.

두보의 「9월 9일 5수九日五首」(『두시상주杜詩詳注』 권20) 중 제1수를 떠올려본다.

중양절에 홀로 술잔의 술 마시고
병 들어 강가 누대에 오르네
죽엽청 술 나와 이미 상관없고
국화꽃 여기 피어도 감흥이 없네
외진 타향 해 저물어 검은 원숭이 우니
고향엔 서리 지기 전 기러기 오지
형제 쓸쓸히 어디에들 있나
싸우며 늙으니 더 초조하구나

重陽獨酌杯中酒 중양독작배중주

抱病起登江上臺 포병기등강상대
竹葉於人旣無分 죽엽어인기무분
菊花從此不須開 국화종차불수개
殊方日落玄猿哭 수방일락현원곡
舊國霜前白雁來 구국상전백안래
弟妹蕭條各何在 제매소조각하재
干戈衰謝兩相催 간과쇠사량상최

　　두보가 대력大歷 2년(767), 기주夔州에서 지은 시이다. 이해 9월
토번吐蕃이 빈주邠州와 영주靈州를 침입하니, 장안에 계엄을 내려
중양절에 군도群盜를 대하는 사회 혼란이 전개되었다. 형제는 흩
어져 소식도 없는데 홀로 술 마시는 심정 속에, 제2연에서 '인무
분人無分'은 같이 마실(同飮) 사람이 없음을 한스러워하고, '불수개
不須開'는 같이 볼(同看) 사람이 없는 고독을 한스러워한다.

가을밤 벗에게 秋夜寄友人

그대 생각하며 가을밤 보내니

창밖은 쌀쌀하고

나 홀로 깊은 숲에 들어

아주 한가로이 찌지 만지네

思君秋夜過 사군추야과

窓外感涼天 창외감량천

我獨深林入 아독심림입

幽閒手作箋 유한수작전   (2018. 11)

* 寄기 : 부치다. 보내다
* 君군 : 임금. 상대에 대한 존칭. 님, 그대
* 幽閒유한 : 그윽하고 한가함. 조용하고 한가함. 매우 한가함
* 箋전 : 찌지. 부전. 전지. 글의 뜻을 해명하거나 자기의 의견 등을 적어서 붙이는 작은 종이쪽지. 주석. 글. 글을 쓴 것

여기서 '군君'은 제2인칭의 존칭으로서 반세기 이상의 오래고 귀한 친구 장영철張榮喆 회장을 지칭한다. 그는 공군 간부후보생 동기생으로서, 일명 '청토회靑吐會'라는 공군 장교 출신으로 구성된 친목 모임의 멤버이기도 하다. '청토'란 오래도록 '푸르름을 토해내는 젊음과 기상'을 지니고 정의를 추구하자는 의미이다. 그는 언변이 뛰어나고 인간관계가 원만하여 중인환시衆人環視를 받는 인물이다. 사회에 진출하여 대그룹 회사의 경영자 직책을 수행하기도 하였다. 그는 전공 분야는 물론, 인문사회학 전반에 폭넓은 지식을 쌓고 있어서, 중문학 분야 범주를 벗지 못하는 나에겐 항상 선망의 대상이기도 하다. 특히 역사와 한학 분야에 대한 연찬이 깊어서 항상 그의 고견을 경청하고 수용하며 지내온 터이다. 스승 차상원車相轅 선생님을 주례로 모신 필자의 결혼식에서 사회를 맡았고, 청토회와 호암회의 같은 멤버로서 오늘까지 우정을 지키고 있다.

당대 장구령張九齡(673~740)의 「달 보며 먼 데 생각하며望月懷遠」(『당시삼백수唐詩三百首』)를 통해서 인간의 본성은 고금古今이 다르지 않음을 알 수 있다.

바다 위에 밝은 달 뜨니
하늘 끝 멀리서 같이하겠지
정든 이는 긴 밤을 원망하여
밤새도록 그리운 님을 생각하네
촛불 끄니 온통 달빛이 사랑스럽고

옷 걸치니 이슬이 촉촉히 적시네
차마 손에 달빛 담아 드리지 못하고
침상에 돌아와 좋은 기약 꿈꾸네

海上生明月 해상생명월
天涯共此時 천애공차시
情人怨遙夜 정인원요야
竟夕起相思 경석기상사
滅燭憐光滿 멸촉련광만
披衣覺露滋 피의각로자
不堪盈手贈 불감영수증
還寢夢佳期 환침몽가기

달을 쳐다보며 먼 곳을 그리워하면서 쓴 시이다. 정감 속에 경
물이 있고(정중유경情中有景), 경물 속에 정감이 있다(경중유정景中有情).
제3구의 '정인情人'은 정든 사람을 지칭하고, '원'은 그리움(相思)를
의미한다.

제목 없이 無題

국화꽃 달빛에 어울리는데

잎 지니 바람 소리 느끼네

오늘 저녁 잡된 먼지 없어

높이 뜬 구름은 소박한 마음 알겠지

菊花和月色 국화화월색

葉落感風音 엽락감풍음

今夕無塵雜 금석무진잡

高雲知寸心 고운지촌심   (1989. 10)

- **無題**무제 : 시의 제목이 없음. 제목을 정하지 않고 지은 시
- **和**화 : 온화하다. 화목하다. 응하다. 화답하다.
- **風音**풍음 : 바람 소리. 풍성風聲
- **塵雜**진잡 : 세속의 귀찮고 너저분한 일
- **高雲**고운 : 하늘 높이 뜬 구름
- **寸心**촌심 : 속으로 품은 마음. 소탈한 마음

가을을 말하면 꽃으로는 국화이며 빛으로는 달빛이다. 전형적인 가을을 대신하는 어사語辭. 아무 생각 없이 실내에 놓인 국화 화분을 대하고, 창밖의 밝은 달을 쳐다보면서 적었다.

당나라 무제시無題詩가 유명한 시인으로 만당대 이상은李商隱 (813~858)을 들 수 있다. 시제詩題가 없는 시를 '무제시'라 하여 애정시나, 기탁을 의도한 시를 쓸 때 독창적으로 사용한 시형으로 예술성 높은 시의 하나이다. 그의 「무제시」(『주이의산시집注李義山詩集』)를 떠올려본다.

　　　　만남 때론 어려운데 이별도 어려워
　　　　동풍이 살살 부니 온갖 꽃 시드네
　　　　봄누에 죽어야 누에 실이 다 되고
　　　　촛불은 재가 되어야 눈물 마르네
　　　　새벽 거울 앞에 수심 어린 머리 다듬고
　　　　밤에 읊조리니 달빛 찬 걸 느끼겠네
　　　　봉래산 여기서 가는 길 멀지 않아
　　　　파랑새야 정성 다해 찾아봐다오

　　　　相見時難別亦難　상견시난별역난
　　　　東風無力百花殘　동풍무력백화잔
　　　　春蠶到死絲方盡　춘잠도사사방진
　　　　蠟炬成灰淚始乾　랍거성회루시건
　　　　曉鏡但愁雲鬢改　효경단수운빈개
　　　　夜吟應覺月光寒　야음응각월광한

蓬山此去無多路 봉산차거무다로
靑鳥殷勤爲探看 청조은근위탐간

  시인과 궁녀 宋송 씨의 사랑과 집착을 깊이 있게 묘사하였다. 그들의 만남이 어렵지만 헤어짐도 어렵다는 것을 동풍에 시든 꽃의 형상으로 표현하였다. 제2연은 연정의 결실은 고난을 거쳐야 가능하다는 것을 비유한다. 청대 전겸익錢謙益은 『주이의산시집注李義山詩集』서序에서 "이상은의 무제시들은 젊은 여인이 읽으면 슬퍼지고, 실의에 찬 선비가 읽으면 비통해한다(義山無題諸什, 春女讀之而哀, 秋士讀之而悲)"라고 적절한 평을 하고 있다. 이상은의 자는 의산義山, 호는 옥계생玉谿生 회주懷州 하내河內인이다. 25세에 진사가 되어 당쟁의 와중에서 우여곡절을 겪었다. 그의 시는 낭만주의적인 유미문학의 으뜸이며 특히 영사詠史의 묘사는 예술미를 극대화하였다.

호숫가에서 湖畔

수신이 기운 솟구쳐

물결 높아 가라앉지 않네

호수에는 흰 갈매기 놀고

구름 사이엔 작은 배 떠나네

水神大氣生 수신대기생

波浪高難止 파랑고난지

湖上白鷗游 호상백구유

雲間一艇起 운간일정기   (2001. 11)

* 波浪파랑 : 물결. 파도
* 難止난지 : 멈추기 어렵다. 가라앉지 않다
* 白鷗백구 : 흰 갈매기
* 一艇일정 : 거룻배. 작은 배

흔히 자연을 말하거나 전원을 노래하면 '산수山水'를 기본 소재
로 삼는다. 이 시도 호수를 대상으로 삼았으니 역시 친자연적인
심정을 묘사하였다. 한적하면서 섬세한 관찰의 한 단면을 그리려
하였다.

송대 서부徐俯(?~1140)의 시 「봄날 호수에 노닐며春日游湖上」(『송시
기사』 권33)를 떠올려본다.

제비 한 쌍 날아서 자꾸 돌고
좁은 언덕엔 복사꽃이 젖어 피었네
봄비에 다리 끊겨 건너지 못하니
작은 쪽배가 버들 그늘 헤쳐 나오네

雙飛燕子幾時回 쌍비연자기시회
夾岸桃花蘸水開 협안도화잠수개
春雨斷橋人不渡 춘우단교인부도
小舟撐出柳陰來 소주탱출류음래

서부는 자가 사천師川이며, 홍주洪州 분녕인分寧人이다. 부친 희
禧가 죽는 사건으로 통직랑通直郎을 제수받고, 소흥紹興 초년에 진
사 출신을 하사받아서 단명전학사端明殿學士, 첨서추밀원사簽書樞密
院事, 권참지정사權參知政事를 역임하였고, 저서에 『동호집東湖集』이
있다. 서부의 시에 대해서 명대 곽자장郭子章의 『예장시화豫章詩話』
에서 송대 문호 황정견黃庭堅의 말을 인용하여 평하기를,

황정견이 일찍이 이르기를, "홍추가 서부의 「남전 별장에 올라서」 시를 가지고 왔거늘, 시의 기상이 매우 웅대하여 필력이 전혀 어린 서생 같지 않았다. 뜻과 행실, 독서 모두 갖추고 사리를 밝게 깨달아 알았다. 여러 번 숙독하며 기뻐서 잠을 못 이루었다. 이 외삼촌은 나이 들고 기력이 열악하여 배우기에 부족한데 서부는 뜻이 날로 새로운 힘이 있다."라 하였다. 山谷嘗曰: 洪駒父攜師川上藍莊詩來, 詞氣甚壯, 筆力絶不類年少書生. 意其行己讀書, 皆當老成解事. 熟讀數過, 爲之喜而不寐. 老舅年衰力劣, 不足學, 師川有意日新之功.

라고 하여 서부의 천재적 재능을 상찬하고 시가 고풍古風을 추구함을 높이 평가하고 있다.

가을날 친구에게 秋日寄友

서늘한 바람이 똑똑 문 두드리니

혹시 누가 찾아온 듯 느끼네

오동잎 이제 흩날리니

들리는 건 오로지 귀뚜라미 소리뿐

涼風門叩叩 량풍문고고

或覺哪人臨 혹각나인림

梧葉今奔散 오엽금분산

唯聽蟋蟀吟 유청실솔음   (2017. 10)

* **涼風**량풍 : 서늘한 바람. 선들바람. 북풍. 서남풍
* **叩叩**고고 : 두드리다. 떨치다. 흔들다
* **或覺**혹각 : ~인가 느끼다. ~인가 생각하다
* **哪人**나인 : 누구. 어떤 사람. 현대 중국어 표현
* **臨**림 : 임하다. 왕림하다. 가까이 오다
* **奔散**분산 : 뿔뿔이 흩어져 달아남
* **蟋蟀**실솔 : 귀뚜라미
* **吟**음 : 읊다. (시를) 짓다. 울다

가을이 되면 심신의 변화를 느낀다. 몸에는 기온 차이로 냉기가 흐르고 마음은 동적動的 열정에서 정적靜的 침잠으로 전환된다. 최소한 자신은 그러하다. 시심詩心도 그 테두리 안에서 자연스레 고적감을 토로하게 된다. 시 속에 그 누군가 올 것 같은 기다림을 표출하고 있다. 그건 소중한 친구 설희순薛熙淳 선생을 생각하는 심회의 표현이다. 그는 공군 간부후보생 동기생으로서, 심성이 온화하고 겸손하면서도 예리한 관찰력과 부단한 지구력을 지닌 재사才士로, 과학도이자 경영인이다. 그런 그가 놀랍게도 노자老子 연구가로 재탄생하여, 『노자와 어머니 그리고 별』(2011)이란 『노자』에 대한 새로운 해석서를 저술하여 출판하였다. 중국 본토는 물론, 어느 나라에서도 시도되지 않았던 안목으로 『노자』를 풀이한 것이다. 독자들의 반응이 다양하고 학자의 의견도 적지 않았다. 나도 그의 책을 정독하면서, 진대晉代 왕필王弼의 주석 이래 수다한 학자의 주석본이 있었지만 이처럼 돌출적인 해석서는 처음인 점을 지적하였다. 그의 이런 재능은 부친인 한국 신문학 초기 시인이며 영문학자인 설정식薛貞植 선생에게서 근원한다고 할 수 있다. 아래에서 설 선생 책 제1장 「도의 본체」 첫 구절의 해석을 떠올려본다.

도가도道可道, 비상도非常道. 명가명名可名, 비상명非常名

우주의 근본원리(道)는 마땅히 따르며 실천하여야 한다(可道).
항상 가르쳐서 이끌어 주어야(道) 하지 않겠는가.

인류, 도덕에 관한 가르침(名)은 마땅히 명심시켜야 한다(名=銘).
항상(常) 마음에 깊이 새겨(名=銘) 두어야 하지 않겠는가(非).

가을이 깊어지고 마음도 한산한데, 신라인으로 당나라에 유학
하여 신선이 되었다는 전설을 지닌 김가기金可紀의 「유선사題遊仙
寺」(『전당시일全唐詩逸』 권상) 시구를 떠올려본다.

　　물결 모난 돌 치니 길게 비 오듯 하고
　　바람 성긴 솔에 세차니 정말 가을 같네

　　波衝亂石長如雨 파충란석장여우
　　風激疎松眞似秋 풍격소송진사추

김가기가 도교를 국교로 삼은 당나라에서 우화등선羽化登仙 즉
몸에 날개가 돋아 신선이 되어 하늘로 올라간 전설은 신라인에게
긍지심을 갖게 하였다. 조선조 한치윤韓致奫의 『해동역사海東繹史』
(권67)에는 『태평광기太平廣記』에 수록된 고사가 인용되어 있으니,
다음은 그 일부이다.

　　김가기는 신라인이다. 빈공 진사로 성품이 조용하고 자상하여 도술
　　을 좋아하며, 화려하고 사치한 것을 좋아하지 않았다. 때론 기를 마셔
　　몸을 닦으며, 스스로 학식 넓히길 즐겨서 문장이 뛰어나다고 여겼다.
　　…당나라 대중 12년 12월 문득 임금께 글을 올리기를, "소신은 옥황
　　상제를 모시어 영문대시랑으로 명받으매, 명년 2월 25일 하늘로 올라

가는 시기입니다."라 하니 선종이 매우 기이하게 여겨서, 왕명 전하는 내시인 중사를 보내어 입궐토록 하였으나, 굳이 사절하고 들지 않았다. …2월 25일 봄날 예쁜 꽃들이 찬란한데, 과연 오색구름에 학이 울고 봉황과 고니가 날며, 생황과 퉁소, 악기들이 울렸다. 깃털 덮개와 옥바퀴의 수레에 깃발 달고서, 온 하늘에 신선들이 매우 많은데 승천하여 떠나갔다. 조정 백관과 백성들 구경꾼이 산 계곡을 가득 메워서 우러러보며 그 기이함에 감탄해 마지않았다. 金可紀新羅人也. 賓貢進士, 性沈精好道, 不尙華侈. 或服氣鍊形, 自以爲樂博學强記屬文.……唐大中十二年十二月, 忽上表言, 臣奉玉皇詔爲英文臺侍郎, 明年二月二十五日, 當上昇時. 宣宗極以爲異, 遣中使徵入內, 固辭不就.……二月二十五日春景硏媚花卉爛漫, 果有五雲唳鶴翔鸞白鵠笙簫金石. 羽蓋瓊輪幡幢, 滿空仙仗極衆, 昇天而去. 朝列士庶觀者, 塡隘山谷, 莫不瞻禮歎異

김가기가 승천한 시기는 당나라 선종宣宗 대중大中 12년의 이듬해인 대중 13년(859)이고, 장소는 장안 교외의 도교 본산인 종남산終南山이었다.

놀 霞

산산이 흩어져 지는 햇빛 자아내니

겹겹이 붉은 비단

동풍이 불어 조각내니

아마도 무녀 옷 빌린 건가

散散照殘暉 산산조잔휘
層層似赤緋 층층사적비
東風吹作片 동풍취작편
或借舞人衣 혹차무인의   (1996. 8)

* 霞하 : 놀. 공중의 수증기에 해가 비치어 붉게 보이는 기운
* 散散산산 : 흩어진 모양
* 殘暉잔휘 : 서쪽으로 지는 햇빛
* 層層층층 : 겹겹이
* 赤緋적비 : 붉은 비단
* 舞人衣무인의 : 춤추는 사람이 입는 옷, 저고리

놀은 저녁 무렵 햇빛에 붉게 물든 엷은 구름이어서 신기롭고 유연한 느낌을 준다. 그래서 '하동霞洞'(신선이 사는 곳)이니, '하상霞觴'(신선이 쓰는 술잔), '하피霞帔'(신선의 춤추는 치맛자락이 우아한 모양) 등의 시어가 있다. 이 시는 일종의 영물시詠物詩라 할 것이니, 자연현상이나 사물을 묘사하여 시인의 심경을 기탁하는 시로서, '정을 기탁하여 풍유함(寄情寓諷)'을 바탕으로 한다. 『사고전서총목제요四庫全書總目提要』 집부集部의 영물시제요詠物詩提要에서,

옛날 굴원은 「귤송」을 짓고 순자는 「잠부」를 지었는데, 영물의 작품은 여기에서 싹텄다. 당대는 사물의 모양을 숭상하고 송시는 의론을 내세우는데, 기탁된 정감과 붙여진 풍유가 그 가운데서 흘러나온다. 昔者屈原頌橘, 荀況賦蠶, 詠物之作, 萌芽于是. 唐尙形容, 宋參議論, 而寄情寓諷, 則出于其中.

라고 하여 영물 작품의 근본적인 착상 의식을 피력하였으며, 영물시를 짓는 의도는 시를 통하여 정감을 비유하고 은유(비흥比興)하는 데 있음을 청대 이중화李重華는 다음과 같이 기술하였다.

영물이라는 체제는 제재로 말하면 부(직설)요, 시를 짓는 까닭으로 말하면 흥(은유)이요, 비(비유)이다. 詠物一體, 就題言之, 則賦也, 就所以作詩言之, 卽興也, 比也.(『정일재시설貞一齋詩說』)

다음에 당대 이가우李嘉祐(719~?)의 영물시 「반딧불이를 노래하다詠

螢」(『전당시』권206)를 떠올려본다.

드리운 물빛 가닥 잡기 어려운데
허공에 몸이 절로 가벼워라
밤바람 쉬지 않고 불어오고
가을 이슬 씻기니 더 밝구나
촛불 여전히 불꽃 일고
보내온 글 더욱 정이 넘친다
오히려 출렁이는 그림자가
여기 와서 처마 서까래에 멈춘다

映水光難定 영수광난정
凌虛體自輕 릉허체자경
夜風吹不滅 야풍취불멸
秋露洗還明 추로세환명
向燭仍分焰 향촉잉분염
投書更有情 투서갱유정
猶將流亂影 유장류란영
來此榜簷楹 래차방첨영

겉으로는 반딧불이의 날아다니는 모습을 묘사하는 담백한 맛을 주는 듯하지만, 속으로는 비흥적比興的인 의미를 지니고 있다. 시인은 바람직한 관직 생활을 하지 못한 상황에서 항상 자신을 비하시켜서 현실과 단절된 의식을 견지하는 경향을 보였다. 이 시는 바람에도 꺼지지 않으며 이슬에도 더욱 밝아지는 형상을 통하여 어떠한 역경에서도 굳은 의지와 절개를 지켜나갈 것을 풍유한다.

대력십재자大歷十才子 중 하나인 이가우의 자는 후일後一이고, 천보天寶 7년(748) 진사 급제, 태주台州와 원주袁州 자사를 지냈고, 시풍이 기려하여 육조 시대의 수식 위주의 풍격인 제량체齊梁體를 닮았으며, 시는 모두 140수에 달한다.

늦가을 晚秋

오동잎 어지러이 섬돌에 날고

돌아가는 기러기 아득히 하늘에 오르네

찬 바람에 이끼는 보랏빛인데

서리 희니 담쟁이덩굴 붉구나

梧葉紛飛砌 오엽분비체

歸雁渺邁空 귀안묘매공

寒風苔蘚紫 한풍태선자

霜白蔓蘿紅 상백만라홍   (2017. 11)

* **紛飛**분비 : 어지러이 날다. 흩어져 날다
* **砌**체 : 섬돌. 돌계단, 석계石階
* **渺**묘 : 아득하다. 작다
* **邁**매 : 멀리 가다. 넘다. 돌다
* **苔蘚**태선 : 이끼. (선태蘚苔-이끼)
* **蔓蘿**만라 : 덩굴진 담쟁이

늦가을에 오동잎 지고 기러기 날며 돌계단의 이끼도 보랏빛인데, 담벼락의 담쟁이까지 잎이 붉다. 지난날을 회고하고 현실을 살펴볼 때, 자신의 모습이 이 늦가을의 초목과 다를 게 없다. 흘러간 세월 따라 부부는 병들고, 자녀들은 성가成家하여 독립하였다. 요즘은 병든 아내를 조금이나마 돌보며 살 수 있으니 다행이다. 아직 몸을 자유로이 움직일 수 있으니까.

당대 주박周朴(?~879)의 시 「가을이 깊다秋深」(『전당시』 권803)는 계절 감각과 삶의 고뇌를 더욱 느끼게 한다.

버드나무 아직 푸르러 무성한데
바람 부니 가을이 더욱 깊다
산천은 공허하고 길은 먼데
고향에선 절로 다듬잇돌 울리겠지
마을에 집집마다 달이 뜨니
사람은 먼 길 떠날 맘 없어
장성에서 슬퍼 통곡한 후에
아주 고요하게 지금에 이르렀네

柳色尚沈沈 류색상침침
風吹秋更深 풍취추갱심
山河空遠道 산하공원도
鄕國自鳴砧 향국자명침
巷有千家月 항유천가월
人無萬里心 인무만리심

長城哭崩後 장성곡붕후
寂絶至如今 적절지여금

　주박은 자가 견소見素, 목주牧州 동려東廬인이며 사찰을 탐방하며 산림에 은거하였다. 그의 시는 청기淸奇(맑으면서 기이함)하고 벽고僻苦(외지면서 괴로움)한 풍격을 보여준다.

눈 내리다 下雪

성 밖에 어젯밤 눈 내려

늙은 말도 멋대로 노닌다

사방 둘러봐도 아무 발자취 없는데

어디선가 종소리 음악 들려온다

城郊前夜雪 성교전야설

老馬又玩遊 로마우완유

四顧無人跡 사고무인적

何方聽鐘謳 하방청종구　　　　　　　　　　　　　　　(2020. 12)

* **城郊**성교 : 도성 밖의 들. 郊郊는 인가가 드물고 논밭이 많은 땅
* **前夜**전야 : 어젯밤. 전날 밤
* **老馬**로마 : 늙은 말. 여기서는 낡은 자동차를 비유
* **玩遊**완유 : 장난하며 놀다. 제멋대로 놂. 여기서는 낡은 차가 눈 얼음판 길을
  비틀거리며 가는 모양을 묘사
* **四顧**사고 : 사면으로 돌아보다
* **人跡**인적 : 사람의 발자취
* **鐘謳**종구 : 종소리로 내는 노래

시골의 주말 일요일에 부부가 예배드리러 교회에 가는 길이다. 10년 이상 타고 다닌 낡은 자동차가 눈길을 미끈 털렁거리며 느리게 달린다. 사방 멀리 집이 보이고 하얀 눈으로 덮여 있다. 작은 교회가 저만치 보이는데 예배 시간을 알리는 종소리 찬송이 울려온다. 흰 눈 내린 오전 차분하고 엄숙한 마음으로 예배에 참여한다.

당대 발해渤海 시인 고변高騈(821~887)의 「눈을 대하고對雪」(『전당시』 권598)를 떠올려본다.

> 여섯 모 눈꽃이 날아 창가에 들 때
> 앉아 푸른 대나무 보니 옥 가지로 변하네
> 이제 높은 누대에 올라 바라보니
> 세상의 거친 샛길까지 다 덮었네
>
> 六出飛花入戶時 육출비화입호시
> 坐看靑竹變瓊枝 좌간청죽변경지
> 如今好上高樓望 여금호상고루망
> 蓋盡人間惡路岐 개진인간악로기

시의 제1연은 눈 내리는 광경을 섬세하고 사실적으로 묘사하였는데, '청죽靑竹'(푸른 대나무)에 하얗게 눈 덮인 모습을 '경지瓊枝'(옥 가지)로 보는 시인의 관찰이 영물시의 기흥법寄興法을 활용한 면에서 탁월하다. 고변은 자가 천리千里, 유주幽州(지금의 북경)인으로 제도염철전운사諸道鹽鐵轉運使를 거쳐서 발해군왕渤海郡王을 지내면서

막하에 만당 대시인 나은羅隱과 고운顧雲, 그리고 한국 한문학의 비조鼻祖인 신라 최치원崔致遠을 두었던 인물이다. 따라서 최치원의 문학 형성과 불가분의 관계가 있다.

남한산성 南漢山城

내 집이 아름다운 산마루에 가까워

늘 그 푸른 산 기운 느낀다

문득 항복한 일 생각하면 슬프니

더욱 우리나라 소중하다고 외쳐본다

吾家近瑞麓 오가근서록
每感其山翠 매감기산취
忽憶降服哀 홀억항복애
更呼祖國貴 갱호조국귀 (1996. 6)

- 山城산성 : 산의 성. 여기선 남한산성을 지칭
- 瑞麓서록 : 상서로운 산마루. 아름답고 좋은 산
- 山翠산취 : 산의 푸른 기운, 냄새. 취(翠)는 본래 물총새. 비취색을 뜻함
- 忽憶홀억 : 문득, 갑자기 기억나다, 생각나다
- 降服항복 : 항복하다. 여기선 병자호란 때(1636) 남한산성에 피난하여 항쟁하던 조선 인조仁祖가 청나라에 항복한 굴욕적인 사건을 말함

남한산성에 오르는 산행로 중에 서울시 송파구 마천동 코스도 있다. 집에서 약 한 시간 정도의 가까운 거리여서 한때는 거의 매일 아침 오른 적이 있다. 산성에 오를 때마다 조선 인조仁祖가 청淸나라에 굴복한 역사적 사실(1636)을 상기하곤 하였다. 집에서 동쪽으로 보이는 산이 남한산성이다.

당대 말엽 무종武宗 회창會昌 4년(844)에 토번吐蕃이 내란을 일으키자, 하황河湟 사진四鎭과 십팔주十八州를 수복하기 위해 급사중給事中인 유몽劉蒙으로 하여금 원정케 하니, 두목杜牧(803~853)이 이 소식을 듣고 충정이 북받쳐 무종을 칭송하는 「천자의 덕皇風」(『번천문집樊川文集』 권1)을 지어 자신의 애국 열정을 드러냈다.

재주와 덕 뛰어난 임금 신명하고 용감하여
안에서 예교를 세우고 밖에선 적을 물리쳤네
덕으로 백성을 교화한 한나라 문제처럼
몸을 던져 정도를 닦은 주나라 선왕처럼
짐승 놀던 시내와 소굴을 다 막아서
예악과 형정을 모두 베풀어 폈네
어찌하면 붓을 잡고 천자의 순행을 기다리다
흰 천 깃발 앞세워 달려 나라 백성 위로할 건가

仁聖天子神且武 인성천자신차무
內興文敎外技攘 내흥문교외기양
以德化人漢文帝 이덕화인한문제
側身修道周宣王 측신수도주선왕

迮蹊巢穴盡空塞　항계소혈진공색
禮樂刑政皆弛張　예악형정개이장
何當提筆待巡狩　하당제필대순수
前驅白旆弔河湟　전구백패조하황

　무종은 두목의 기대와는 달리 수복하지 못하고 선종宣宗 때 하
서河西 지방이 다소 회복되었을 뿐이다. 시에서 '하황河湟'의 '하河'
는 황하黃河이고, '황湟'은 감숙甘肅에 흐르는 황하의 지류이다. 두
목은 자가 목지牧之이며, 경조京兆 만년인萬年人이다. 그의 시를 평
해서 유미주의 풍격이라고 단정하기 쉬우나, 그의 가학과 사상을
근거로 볼 때 호건豪健한 성정性情을 보여준다.

현충사 顯忠祠

우리나라 지금 흥성하니

길이 나라 위한 그의 충성 찬양하네

만약 그 빛나는 이름 헐어뜨린다면

어찌 청총마를 달릴 수 있으리

我國今興盛 아국금흥성

長揚報國忠 장양보국충

若虧其顯號 약휴기현호

何可走靑驄 하가주청총   (2021. 5)

* **顯忠祠**현충사 : 이순신李舜臣 장군의 영정을 모신 사당
* **興盛**흥성 : 흥하여 번성하다. 크게 발전하다
* **揚**양 : 드러내다. 찬양하다. 발양하다
* **虧**휴 : 이지러지다. 줄다
* **顯號**현호 : 나타난 명호名號. 세상에 뚜렷이 나타난 명예
* **何可**하가 : 어찌 ~할 수 있는가
* **靑驄**청총 : 총이말. 푸른 빛을 띤 흰말. 청총마靑驄馬. 여기선 나라를 튼튼히 지킨다는 비유

지금 거주하는 집에서 가까이 있어서, 두어 번 참배한 적 있는 현충사는 이순신 장군의 사당으로 충청남도 아산시 염치읍에 위치한다. 1707년 숙종肅宗이 휘호를 내렸고, 1967년 현재 모습으로 신축하여 매년 4월 28일 탄신일에 제사를 드린다. '청총마'는 당대 현종玄宗 때 고구려 유민 고선지高仙芝 장군이 안서대도호安西大都護 절도사節度使로 서역西域을 누비던 시기에 타던 말로서, 갈기와 꼬리가 파르스름한 백마이다. '어찌 청총마를 달릴 수 있으리'라 함은 국력을 강화하여 국방을 공고히 하여야 한다는 뜻이다.

남송南宋 시기에 나라가 쇠락하여 멸망의 위기에 처해 있을 때, 유극장劉克莊(1187~1269)은 「충용묘題忠勇廟」(『송시기사』 권66)를 지어 그 우국의 심경을 읊었다.

무사들 온몸 목숨을 바쳐
오직 나라 지키려 죽기를 가벼이 여겼네
장순은 수염을 늘려 노하고
선진은 얼굴이 생기 넘치는 것 같았네
짧은 칼로 오히려 적의 목을 베고
빈 쇠뇌로 또한 결사코 성을 지켰네
새 사당에 피리와 북소리 성대하니
사람들 이 천지 신령을 존경하네

士客全軀命 사객전구명
惟侯視死輕 유후시사경
張巡鬚盡怒 장순수진로

先軫面如生 선진면여생
短刀猶梟寇 단도유효구
空眷尙背城 공권상배성
新祠簫鼓盛 신사소고성
人敬此神明 인경차신명

　시에서의 '장순張巡'과 '선진先軫'은 당대 안록산의 난 때 의병을 일으켜 전공을 세운 충신이다. 유극장은 자가 잠부潛夫, 호는 후촌거사後村居士로서 보전莆田(지금의 복건성福建省 보전현莆田縣)인이다. 영종寧宗 가정嘉定 17년(1224) 건양영建陽令으로 있을 때「떨어지는 매화落梅」시가 재상 사미원史彌遠을 풍자하였다는 이유로, 파관되어 10년간 은거하였다. 그는 남송 후기 명성 높은 애국시인이며 강호파江湖派의 중요 작가이다. 그의 시는 처음에는 영가사령永嘉四靈의 영향을 받아서 만당을 배우고 요합姚合, 가도賈島, 허혼許渾 등 시인의 풍격을 추종하였다. 또한 이하李賀의 풍격도 배워서 자못 환상적이며 심묘한 풍격을 선호하였다.

냇물 溪水

한가히 맑은 물가에 머무니

나그네 멀리 떠나는 마음

그윽한 골짜기에 물 흘러내리니

아아 여기서 옥 소리 울리누나

閑留淸水側 한류청수측

旅客遠別情 여객원별정

幽壑溪流下 유학계류하

嗟鳴此玉聲 차명차옥성 　　　　　　　　　　　　　　　(1997. 7)

* **遠別情**원별정 : 멀리 길 떠난 나그네의 마음
* **幽壑**유학 : 깊은 골짜기. 조용한 골
* **嗟**차 : 아아. 감탄사
* **玉聲**옥성 : 옥같이 고운 소리. 샘물이 흐르는 소리를 비유

산속을 거닐다 보면, 곳곳에 샘물이 흘러서 작은 시내를 이루고 있는 광경을 목도한다. 깊은 산일수록 더욱 그러하다. 등산하

는 오솔길 주변에서 옅은 계곡에 흐르는 냇물을 자주 본다. 흐르는 냇물이 유난히 맑고 정겹게 느껴지고 세속적인 마음을 정화시켜준다. 당대 유종원柳宗元(773~819)의 「냇가에 살며溪居」(『당시삼백수』)를 떠올려본다.

오랫동안 비녀에 갓끈 매고 벼슬하다
바란 대로 여기 남쪽 땅에 귀양 왔네
한가히 농촌에 기대어 이웃과 지내니
마치 산 숲의 나그네 같네
새벽에 밭 갈며 이슬 맺힌 풀 헤치고
밤에 노 저으니 냇가 돌 울리네
오가며 아무도 아니 만나거늘
길게 읊어대니 초나라 하늘이 푸르네

久爲簪組累 구위잠조루
幸此南夷謫 행차남이저
閑依農圃隣 한의농포린
偶似山林客 우사산림객
曉耕翻露草 효경번로초
夜榜響溪石 야방향계석
來往不逢人 래왕불봉인
長歌楚天碧 장가초천벽

제목의 '계溪'는 영주永州의 우계愚溪를 가리킨다. 시인은 그곳에서 5년간 귀양살이하면서 세태의 험난함과 한편 세상일을 초탈

하고픈 바람 등을 절실히 느꼈다. 이 시에 관해서 청대 심덕잠沈
德潛은 『당시별재집唐詩別裁集』에서, "맑고 담백한 음을 내어서 원
망하지 않으면서 원망하고, 원망하면서도 원망하지 않는 흥취를
준다.(發淸夷淡泊之音, 不怨而怨, 怨而不怨)"라고 평하였다.

작은 느낌 小感

낮잠 자다 깨니 저녁 되어

문득 꿈인가 절로 놀라네

저녁 해 서산에 지다가

잠깐 머무니

벽의 창문이 밝아지네

午睡晩來醒 오수만래성

忽然夢自驚 홀연몽자경

夕陽依嶺盡 석양의령진

暫留壁窓明 잠류벽창명   (2014. 8)

• 午睡오수 : 낮잠
• 醒성 : (잠이) 깨다. 깨닫다
• 依嶺盡의령진 : 높은 산에 기대어서 지다. 해가 서산으로 넘어가다

시골의 한낮은 한가함과 편안함이 공존한다. 점심 식사 후에 밀려오는 노인의 오수午睡는 심신 수양에 매우 유익한 생활 습관이다. 낮잠에 잠시 들었다가 깨어나니 벌써 해가 서산으로 지려한다. 탈속의 심정으로 뒤뜰의 텃밭도 살피고 독서도 하고 싶다.

가장 좋아하는 당대 상건常建의 「파산사 뒤 선원題破山寺後禪院」(『전당시』 권144) 시가 연상된다.

　　맑은 새벽 옛 절에 드니
　　아침 햇살 높은 숲에 비춘다
　　대숲 오솔길 고요한 곳에 이어져
　　참선하는 방엔 꽃나무 깊구나
　　산 경치에 새들 마음 기쁘고
　　연못 그림자에 내 마음 비운다
　　세상 온갖 소리 여기선 다 고요해
　　종과 편경 소리만 은은히 들려온다

　　清晨入古寺　청신입고사
　　初日照高林　초일조고림
　　竹徑通幽處　죽경통유처
　　禪房花木深　선방화목심
　　山光悅鳥性　산광열조성
　　潭影空人心　담영공인심
　　萬籟此俱寂　만뢰차구적
　　但餘鐘磬音　단여종경음

같은 시대 은번殷璠은 『하악영령집河嶽英靈集』에서 상건의 시를 첫 줄에 배열하기도 하였다. 송대 홍추洪芻는 『홍구보시화洪駒父詩話』에서 이 시를 극찬하여 다음과 같이 평하였다.

은번은 "산 경치에 새들 마음 기쁘고, 연못 그림자에 내 마음 비운다" 구를 좋아해서 요점으로 삼았다. 구양수도 상건의 "대숲 오솔길 고요한 곳에 이어져, 참선하는 방엔 꽃나무 깊구나" 구를 좋아하여 본받아서 몇 마디 글을 지으려 했으나 끝내 얻을 수 없어서 한스러워했다. 나는 말하노니, 상건의 이 시는 전체가 다 공교하니 이 두 연뿐만이 아니다. 殷璠愛其山光悅鳥性, 潭影空人心之句, 以爲警策. 歐公又愛建竹徑通幽處, 禪房花木深, 欲效作數語, 竟不能得, 以爲恨. 余謂建此詩, 全篇皆工, 不獨此兩聯而已.

상건은 현종玄宗 개원開元 시기에 진사가 되어 겨우 현위縣尉의 직에 머물렀다. 그의 시는 전원적이며 왕창령王昌齡, 육탁陸擢과 벗하였고 시 50여 수가 전한다. 『전당시』 소전小傳에 상건의 시를 속탈하고 편벽하다고 평하고 있다. 파산사破山寺 뒤에 있는 선원禪院을 시의 제목으로 삼았는데, 파산사는 강소성江蘇省 상숙현常熟縣의 흥복사興福寺를 가리킨다. 이 시의 제2연까지는 시제의 설명 부분이며, 제3연은 감흥의 서술이고, 제4연은 정적이 깃든 경계를 묘사하고 있다. 참선의 경지에 이르러 속세를 벗어난 승화된 심정을 단적으로 표현하여 독자에게 무한한 안위와 새로운 활력을 준다.

서재에서 생각하며 書房素懷

세상일 모두 다 어지러우니

지나온 삶 뒤돌아 무엇을 보랴

오로지 책 속의 즐거움 남아

한창나이 때 못지 않은 마음 그대로

世事皆混沌 세사개혼돈
平生不可思 평생불가사
惟餘書裏樂 유여서리락
不減壯年時 불감장년시   (2011. 9)

- **素懷**소회 : 평소에 품은 생각
- **混沌**혼돈 : 어지럽다. 혼란하다. 사물의 구별이 분명하지 않은 모양
- **不可思**불가사 : 생각할 수 없다. 돌아보지 않다
- **惟餘**유여 : 오직 남다. ~만 남다
- **書裏樂**서리락 : 책 속에 묻혀 사는 즐거움. 독서 하는 마음
- **不減**불감 : 줄지 않다. 못지않다. 더욱 새롭다

정년 퇴임한(2008. 9) 이듬해 전립선암 수술을 받았고, 그 후에 중국 지린吉林대학과 차이징財經대학의 초빙교수로 한 학기씩 (2010, 2011) 장춘長春에 체류하기도 했다. 봉직했던 대학의 규정 상, 명예교수의 경우는 칠십 세까지 강좌를 담당할 수 있었다. 이 런 학술 활동을 통하여 퇴직 후에도 나름 분주한 시간을 보낼 수 있었다. 이제는 적지 않은 세월과 함께 나이가 고령에 이르니, 한 쪽 눈도 황반변이라는 희귀병에 걸려서 자연스레 심신의 평정을 추구하는 습관이 생겼다. 그러나 마음 한구석에는 아직도 강렬한 독서 의욕이 넘치고 있으니, 눈이 불편한데도 작년에는 비교적 방 대한 분량의『중국당송시화해제中國唐宋詩話解題』1, 2권(명문당, 2021. 4)를 출간하였고, 요즘도 시골에서 사색하고 음악도 듣고 책도 본 다.

송대 여본중呂本中(1084~1145)의 절구시「꿈夢」(『송시대관宋詩大觀』)을 보기로 한다.

꿈에 장안 길 드니
무성하게 봄풀이 자랐네
깨어나니 봄은 이미 가고
한 조각 연못이 좋구나

夢入長安道 몽입장안도
萋萋盡春草 처처진춘초
覺來春已去 각래춘이거
一片池塘好 일편지당호

‘장안長安’은 송대 수도 ‘변경卞京’을 지칭한다. ‘꿈’을 시제로 한 시는 대개 ‘회인懷人’(사람을 생각)이나 ‘기사紀事’(지난일 기록)인 경우가 많은데, 이 시는 ‘몽경夢境’으로 이별과 상사相思의 정감을 표현하고 있다. 제1연은 계절을 말하면서 상사의 심정을 암시한다. 왕유의 시「산속에서 송별하며山中送別」의 “봄풀이 내년에도 푸를지니, 귀한 님 돌아올 건가(春草明年綠, 王孫歸不歸)” 구처럼 송별의 심정을 비유한다. 제2연은 현실의 허상虛像을 비유적으로 묘사한다. 돌아오지 않는 이별의 벗, 알 수 없는 미래에 대한 괘념이 깃들어 있다. 여본중의 자는 거인居仁으로, 조적祖籍이 동래東萊(지금의 산동 성山東省 액현掖縣)인이어서 세칭 ‘동래선생東萊先生’이라 불렸다. 성리학자이어서 정치적으로 금金나라에 항거를 주장하였으며, 혼란한 시대를 슬퍼하는 시로 명성을 얻었다. 시풍은 평이하고 세밀하지만 남도南渡 후에는 매우 침울하였다. 시 창작법은 강서시파의 영향으로 황정견과 진사도陳師道의 구법을 계승하였다. ‘활법설活法說’과 ‘오입설悟入說’을 제기하여 강서시파 시론의 기초 위에 소식蘇軾의 문학적 관점을 융합하고, 강서시파의 생경한 창작 풍격을 자연스럽게 조화하려 하였다.

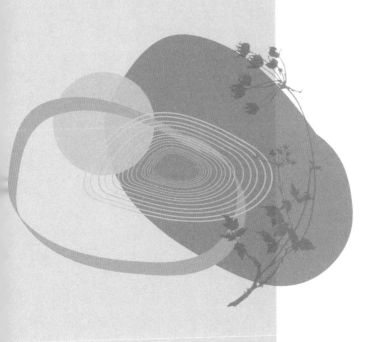

제2부

길에서
비를
맞으며

路上遇雨

봄 경치 春景

하얀 꽃, 여린 잎이 가지 끝에 돋아
햇빛 나도, 서풍에 날씨가 차고
참새 쨱쨱 지저귀며 뜰 밖으로 날아
푸른 버들이 빗속에 또렷이 보인다

素花軟葉生枝杪 소화연엽생지초
日照西風氣候寒 일조서풍기후한
黃雀喜鳴飛院外 황작희명비원외
綠楊宜向雨中看 록양의향우중간   (1978. 4)

* **素花**소화 : 흰 꽃. 백화白花
* **枝杪**지초 : 나뭇가지 끝
* **黃雀**황작 : 참새과에 속하는 철새. 섬참새
* **喜鳴**희명 : 기뻐 울다. 지저귀다
* **宜**의 : 마땅히. 으레

계명대학교 대명동 캠퍼스는 규모가 크지 않지만, 미국 기독교 선교회에 의해서 설립된(1954) 학교의 교정이다. 캠퍼스 내의 건물들은 서구식 양식이다. 학교 일부 교수들은 캠퍼스 내 사택에 거주하고 있었다. 내가 거주한 사택은 넓은 뜰이 있는 아름다운 집이었다. 그 당시 마당에 각종 채소와 화초를 심었고 버드나무와 석류나무도 여러 그루 있었다. 여섯 살·네 살배기 아들들이 즐겁게 놀며 지내기에 매우 좋은 사택이었다. 봄이 되면 마당의 경치는 절로 흥취를 자아내곤 하였다. 대구에 거주하는 기간(1975. 3~1980. 8)은 학문 인생에 매우 중요한 시기였다. 그 근거는 첫째 박사학위를 취득하였으며(1978), 둘째는 중국시와 한국 한시의 비교 연구의 방향, 셋째는 학내 동료 교수들과의 공동 학술 연구로 인한 학술 교류 등이다. 학술 교류 내용은 크게 비교문학총서 집필과 교수 스터디를 들 수 있다. 총서 집필은 지금 서울대 국문학과 명예교수인 조동일趙東一 교수의 주도하에 국문학, 중문학, 영문학, 독문학, 불문학, 일문학 등 각 분야의 전공 교수들이 다년간 참여하였다. 그리하여 계명대학교 출판부 명의로『비교문학총서 1』(1979)－문학·장르·문학사－을 시작으로, 『비교문학총서 2』(1981)－문학비평·방법·비교문학－,『비교문학총서 3』(1989)－문예사조·종교·사회·자연과 문학－,『비교문학총서 4』(1982)－신화·서사시·소설·희곡 －를 연이어 출간하여 문학 영역의 다양한 비교연구의 계기를 마련하였다. 스터디는 풍우란馮友蘭의『중국사상사』를 윤독하는 모임인데, 지금 서울대 사학과 명예교수인 노태

돈 교수 연구실에서 각 분야의 10여 명 교수가 참여하여 매우 다양한 의견을 교환하였다. 이들 교류는 나의 젊은 날의 학문 폭을 넓힐 수 있는 중요한 기회였다. 그런 분위기 속에서 서울 한국외국어대학교로 옮기면서(1980. 9), 그 사택을 비우게 되었을 때의 허전한 마음을 지금도 잊을 수 없다. 당대 최애崔涯의 「봄바람 노래하며詠春風」(『전당시』 권505)를 떠올려본다.

온 천지에 경물은 괜찮은데
고고한 마음 빼어난 운치 어디에 있나
앉았던 제비 참새 하늘로 날아가고
떠도는 버들 솜은 종일 미쳐 날리네
둥근 달 밝게 온 마을 거쳐 가고
찰랑이는 돛배 저녁에 삼상을 건너가네
외로운 구름 무심한 사물이지만
잠시 빌려 유토피아로 불어 가다오.

動地經天物不傷 동지경천물불상
高情逸韻住何方 고정일운주하방
扶持燕雀連天去 부지연작련천거
斷送楊花盡日狂 단송양화진일광
遶桂月明過萬戶 요계월명과만호
弄帆晴晚渡三湘 롱범청만도삼상
孤雲雖是無心物 고운수시무심물
借便吹敎到帝鄉 차편취교도제향

시에서 '삼상三湘'은 호남湖南성의 상향湘鄕, 상담湘潭, 상음湘陰을 합하여 붙여진 지역 명칭이다. 최애의 생졸년은 불명이고, 만당의 대시인 장호張祜와의 교류를 같은 시기의 범터范攄가 쓴 『운계우의雲溪友議』에 기술하기를,

최애는 오 땅, 초 땅의 기이한 선비이다. 장호와 이름을 나란히 하여 늘 창기의 집에서 시를 지으니 거리에 읊지 않는 이가 없고, 자랑하면 수레 말이 문에 가득 차고, 헐뜯으면 술잔과 접시를 들지 않았다. 崔涯, 吳楚狂士也. 與張祜齊名, 每題詩於娼肆, 無不誦之於衢路, 譽之則車馬盈門, 毁之則盃盤失措.

라 하니 그 성격이 방랑과 음주를 즐기며 협사俠士로서도 알려졌고 유랑생활을 즐긴 문인이다.

여의나루 汝矣津

여의도 둑에 삼월 봄이 드니
버들 실이 하늘대며 머리 갓 스친다
흰 갈매기 날아서 어디로 가나
높이 육삼빌딩 아지랑이 자욱하다

漢水堤邊三月春 한수제변삼월춘
柳絲嫋嫋弄頭巾 류사요뇨롱두건
白鷗飛上何方去 백구비상하방거
高六三樓煙靄屯 고육삼루연애둔　　　　　　　　　(1999. 4)

* 汝矣津여의진 : 서울 여의도 나루터
* 漢水한수 : 한강
* 三月春삼월춘 : 춘삼월春三月. 3월 봄
* 柳絲류사 : 버드나무 가지
* 嫋嫋요뇨 : 간드러진 모양. 뇨嫋는 뇨嬲의 속자俗字
* 頭巾두건 : 머리에 쓰는 베로 만든 물건. 여기서는 머리에 쓴 모자를 비유
* 六三樓육삼루 : 여의도에 있는 63빌딩
* 煙靄연애 : 연기와 아지랑이. 아지랑이. 운기雲氣. 여기서 연煙은 안개
* 屯둔 : 진 치다. 모시다. 많다

서울에 살면서 시내에서 자연을 느낄 만한 곳이라면, 주로 한 강 변을 찾게 된다. 봄날 벚꽃이 필 때쯤에는, 시민들은 여의도 제방의 벚꽃축제를 기다린다. 아내와 매년 벚꽃이 만발한 봄의 향연에 참여하러 간다. 발 디딜 틈 없는 인파 속에 한껏 웃으며 걷고 군것질도 한다. 그 당시 한국에서 가장 높은 63빌딩 머리에는 옅은 안개구름이 맴돌고, 여의도 둑 물가에는 버드나무가 파릇한 유사柳絲를 한들거리며 드리우기 시작한다.

조선조 신위申緯(1769~1845)의 「봄을 바라며春望」(『자하시집紫霞詩集』 권3) 시를 떠올려본다.

지팡이 짚고 발 끌며 편치 않아
화창한 봄날이 나를 언덕으로 부르네
언덕 따라 푸른 백문동 도탑고
흙 뚫고 나온 붉은 속 작약 돋아 있네
여기 버들 안개 짙은 곳에 말을 매니
뉘 집 살구꽃인지 희고 따뜻하게 누대에 기대 있네
무릇 멀리 바라보며 봄 경치를 애타하니
하늘 어디에 수심을 부칠 수 있을까

曳脚支筇不自由 예각지공부자유
陽和召我上高邱 양화소아상고구
沿坡綠面蘼蕪厚 연파록면미무후
冒土紅心芍藥抽 모토홍심작약추
是處柳烟濃駐馬 시처류연농주마

誰家杏雪暖憑樓 수가행설난빙루
無端極目傷春色 무단극목상춘색
天上那能剩寄愁 천상나능잉기수

시에 시중유화詩中有畵(시 속에 그림이 있다)의 회화적 기법이 들어 있다. 제2연의 '녹綠'과 '홍紅'의 색, 제2연의 '농주마濃駐馬'와 '난 빙루暖憑樓'는 각각 시의 회화적 선재選材 기법을 사용하고 있다. 이 기법은 시 구성에 요긴한 '시재詩材'(시의 어구)의 선정에서 회화 의 선재법을 차용하는 묘사법이다. 선재 활용은 시의 연의煉意(시 의 뜻을 다듬음)이겠으니, 어떤 특징 있는 사물을 선택하여 융련조합 融煉組合(조화롭게 다듬어서 시를 만듦)해서 일종의 흡인력 있는 의경을 표현함으로써 주제를 밝히 표현한다. 명대 동기창董其昌은 『화안畵 眼』에서, "보아서 익혀지면, 자연히 마음이 전해지고, 마음을 전한 자의 심성이 드러나니 겉과 속이 서로 어울렸다가 잊었다가 하면 서 마음의 기탁이 된다(看得熟, 自然傳神, 傳神者心以形, 形與心手相湊而 相忘, 神之所託也)"라 하였는데 이러한 회화상의 관찰과 체회體會의 능력을 시 이면에서 표현시키는 것이다. 시인 신위는 자가 한수漢 叟, 호는 자하紫霞이다. 조선 후기 문단에 가장 뛰어난 문인으로서 시詩와 서書, 화畵에 능통한 삼절三絶 시인이다. 필자의 국립타이완 사범대학 학위논문(1978)이 「왕유와 이조 신위시의 비교연구王維 與李朝申緯詩之比較研究」로서, 신위 시는 '한중韓中시 비교연구'라는 학문 역정의 기본 바탕이 되었다.

꽃을 찾아 尋花

봄나들이 아쉬워 홀로 멀리 거닐어
흰 꽃, 노란 꽃 찾아서 옛집에 갔네
이제 바쁜 벌과 흰 나비에 묻노니
잘 알겠지, 어디에 그윽한 꽃 있는지를

遊春未足自逛遐 유춘미족자광하
訪白尋黃到古家 방백심황도고가
今問奔蜂而粉蝶 금문분봉이분접
甚知何處有幽花 심지하처유유화 　　　　　　(2021. 4)

- **尋花**심화 : 꽃을 찾다. 여자에 미치다
- **遊春**유춘 : 봄놀이. 봄나들이
- **逛遐**광하 : 멀리 거닐다
- **訪白尋黃**방백심황 : (꽃) 흰 것, 노란 것을 찾다
- **奔蜂**분봉 : 빨리 나는 벌. 분주히 나는 벌
- **而**이 : 접속사로서 '그리고', '그러나'
- **粉蝶**분접 : 흰 나비. 아름다운 나비
- **甚知**심지 : 깊이 알다. 잘 알다

아산 집 앞과 옆은 배밭이다. 봄이 되니 배꽃에 화분을 바르는 작업이 한창이다. 요즘은 농약 살포가 심해서 벌 나비가 오지 않으니 부득이 인공수정을 해야만 배가 결실한다. 그 작업은 섬세하게 해야 하므로 주로 여자들이 한다. 따뜻한 날 오후에 산책하다가 한동안 우두커니 서서 구경한다. 배나무 아래에는 각종 잡초가 무성하고 꽃도 노랑, 하양, 보라, 빨강 요란하다.

당대 시승詩僧 허중虛中(869?~929?)의 「향긋한 풀芳草」(『전당시』 권 848)을 떠올려본다.

> 촘촘히 깔린 향기로운 풀 푸르러
> 어디에서 깊은 생각 나게 하나
> 금곡 사람 떠나간 후에
> 모래톱에 날이 따뜻한 때
> 용 비늘에 상서로움 깃들어
> 비바람에 씻기어 사사로움 없네
> 난초며 혜초를 따려는데
> 이 맑은 향기 누구에게 드릴까

> 綿綿芳草綠 면면방초록
> 何處動深思 하처동심사
> 金谷人亡後 금곡인망후
> 沙場日暖時 사장일난시
> 龍鱗藏有瑞 용린장유서
> 風雨灑無私 풍우쇄무사

欲採蘭兼蕙 욕채란겸혜
清香可贈誰 청향가증수

　시에서 '금곡인金谷人'은 진晉나라 석숭石崇이 금곡에 빈객을 회
동하고 잔치를 베풀어 각각 시를 짓게 하여 시를 짓지 못하면 벌
주로 술 서 말을 마시게 하였다는 고사와 연관된다. 시의 제5, 6
구는 화초의 고아한 자태를 묘사한다. 허중은 원주袁州 의춘宜春(지
금의 강서성)인이다. 주로 소상瀟湘(지금의 호남湖南 일대) 지방에서 유람
하고, 제기齊己, 상안尙顏, 사공도司空圖, 정곡鄭谷 등과 시우詩友가
되었다. 천우天祐 연간(904~906)에 중조산中條山에서 사공도를 만나
서 시를 기증하니, 사공도가 "10년 동안 화악봉 앞에서 머물며 오
직 얻은 건 허중의 두 수 시뿐이다(十年華岳峰前住, 只得虛中兩首詩)"
라고 하였다. 『십국춘추十國春秋』(권76)에 열전이 있고, 소년에 출가
하여 옥사산玉笥山에 20년간 거주하였다. 시는 기증과 송별 애도
에 관한 것이 많고 오언율시에 뛰어났다.

소쩍새 노래하며 詠子規

천년의 한 맺힌 넋이 새가 되어
오래 쌀쌀한 바람 맞으며 먼 숲에서 운다
애끊는 「이소」 에 수심 금치 못하여
홀로 초가집에 살며 탄식 소리 깊어간다

千年寃魄還爲鳥 천년원백환위조
久對涼風叫遠林 구대량풍규원림
腸斷離騷愁不禁 장단이소수불금
獨居草屋歎息深 독거초옥탄식심   (1990. 11)

* **子規**자규 : 두견杜鵑의 다른 명칭. 두견잇과에 속하는 새. 뻐꾸기 비슷한 철새.
  촉蜀나라 망제望帝의 죽은 넋이 화化하여 되었다는 설이 있다. 두견새. 소쩍새.
  불여귀不如歸. 두견화
* **寃魄**원백 : 원통하게 죽은 사람의 영혼
* **腸斷**장단 : 몹시 슬퍼서 창자가 끊어지는 듯함
* **離騷**이소 : 초楚나라 굴원屈原이 지은 대표적인 작품. 『초사楚辭』에는 「이소離
  騷」 외에도 「구가九歌」, 「천문天問」, 「구장九章」, 「원유遠遊」, 「어부사漁父辭」
  등이 실려 있음

굴원屈原의 「이소離騷」를 읽다가 지었다. 서재에서 출판사의 부탁으로 국내 초역본인 『초사楚辭』(1992)의 역주譯註를 작업하던 쌀쌀한 날 저녁으로 기억한다. 비교적 난해하지만, 『시경詩經』과 함께 중국문학의 양대 뿌리인 『초사』의 완역 작업이라는 큰 부담감을 안고 있었다. 그러나 작업은 쉽지 않았다. 그 이듬해 여름에는 미국 하버드대학에 방문학자로 도미하게 되어서 더욱 조급한 상황이었다. 그래서 소쩍새를 빌려서 답답한 심경을 토로하였다.

이백의 「선성에서 진달래꽃 보며宣城見杜鵑花」(『전당시』 권184)를 떠올려본다.

> 촉 땅에서 일찍이 소쩍새 소리 들었는데
> 선성에서 다시 진달래꽃 본다
> 한 번 울고 한 번 돌아보아 애간장 끊어지니
> 봄날 3월에 파촉 땅을 그리워한다

> 蜀國曾聞子規鳥 촉국증문자규조
> 宣城還見杜鵑花 선성환견두견화
> 一叫一回腸一斷 일규일회장일단
> 三春三月憶三巴 삼춘삼월억삼파

시에서 '삼파三巴'는 후한後漢 시대 파巴, 파동巴東, 파서巴西를 일컬으니, 파巴는 사천四川성의 중경重慶 지방이다. 이 시는 7언 악부시樂府詩이다. 악부는 한漢나라의 음악을 관장하던 관청 이름인데, 후에 민간 가요체의 시로 발달하여 '악부'라는 시체가 되었다. 이 시는 구어口語를 꺼리지 않고 반복하여 산가山歌에 접근하고 있으며, 감정이 순박하여 민가에서 영향받은 것으로 보인다. 일체의 수식이 없고 깊이도 넓지 않아, 감동력이 크다 할 것이다. 이백의 악부에서 상징성을 운영하는 데도 민가풍을 지녀 순진한 맛을 지니고 있으나 그의 연박한 지식을 발휘하고 있다는 데에서 그 탁월성을 인정하게 된다.

버들가지 柳枝

냇가 향기론 풀 다 봄 기다리니

샛노랗게 새싹 돋아 너무 즐거워

보슬비에 구름 낀 잿빛 하늘 땅을 덮고

연못 실버들은 한들대며 새로워라

溪邊芳草泛待春 계변방초범대춘
嫩葉純黃纔樂人 눈엽순황재락인
微雨天雲灰蔽地 미우천운회폐지
池塘細柳嫋搖新 지당세류요요신   (1991. 4)

* **柳枝**류지 : 버드나무 가지
* **溪邊**계변 : 시냇가. 냇가
* **泛**범 : 두루. 널리. (물 위에) 뜨다
* **嫩葉**눈엽 : 새로 나온 잎
* **纔**재 : 비로소. 매우. 방금. 그야말로
* **樂人**락인 : 사람을 즐겁게 하다
* **微雨**미우 : 가랑비. 보슬비
* **灰蔽**회폐 : 회색빛으로 덮다

- 池塘지당 : 연못
- 細柳세류 : 가지가 실같이 가는 버들. 실버들
- 嫋搖요요 : 한들대며 흔들다. 한들대다

봄과 버드나무는 서로 상관성을 지닌다. 봄에 등장하는 가장 일반적인 초목 중의 하나이기 때문이다. 이 시도 전형적인 봄 노래다. 한시에서는 봄과 버들을 동시에 거론해야 봄다운 느낌을 주는 것이 상례常例이다. 산천초목이 봄을 기다리는데(待春), 보슬비 속에 놀랍게도 어느새 실가지에는 샛노란 싹이 돋고 있다. 하늘에는 비구름이 일고 땅에는 버들가지 하늘거려서 천지조화의 오묘함을 시에서 그려낸다.

만당대 대시인 이상은이 지은 「버들가지 5수柳枝五首」는 '유지柳枝'를 여인의 이름으로 상정하여 봄의 정취를 더욱 승화시키고 있다. 이 시는 시인이 33세이던 무종武宗 회창會昌 6년(846)에 지은 것이다.

꽃술과 벌집에는
수벌과 암나비가 날고 있네
같은 때에 살면서도 처지가 다르니
어찌 또 더 서로 그리워하나

花房與蜜脾 화방여밀비
蜂雄蛺蝶雌 봉웅협접자

同時不同類 동시부동류
那復更相思 나부갱상사 (제1수)

여기서 배필이 없음을 스스로 밝힌 것이며 제2수를 보면,

본디 라일락 꽃이
봄 가지에 맺혀서 이제 나오네
옥으로 바둑판을 만드니
가운데가 고르지 않네

本是丁香樹 본시정향수
春條結始生 춘조결시생
玉作彈棋局 옥작탄기국
中心亦不平 중심역불평 (제2수)

라고 하여, 어울릴 만한 사람이 없음을 한탄한다. 제3수를 보면,

맛있는 오이 긴 덩굴에 매달려
푸른 옥이 얼음같이 찬술에 있는 듯
동릉의 오이 비록 오색찬란하지만
차마 그 향내를 맛볼 수 없네

嘉瓜引蔓長 가과인만장
碧玉氷寒漿 벽옥빙한장
東陵雖五色 동릉수오색

不忍値牙香 불인치아향 (제3수)

라고 하여 '가과嘉瓜'를 귀인에 비유했는데, 차마 따먹지 못하는 마음, 즉 유지에 대한 연정의 억제를 묘사하고 있다. 다음 제4수를 보자.

버들가지 우물가에 휘어져 있고
연꽃잎은 물가에 말라 있네
비단 비늘과 수놓은 깃털이
물과 땅에 흩어져 상처로 남았네

柳枝井上蟠 류지정상번
蓮葉浦中乾 련엽초중건
錦鱗與繡羽 금린여수우
水陸有傷殘 수륙유상잔 (제4수)

여기서는 규방에서 은총 입지 못하는 신세에다, 멀리 원행하는 운명임을 그리고 있다. 제5수를 보면,

그림 병풍과 수놓은 휘장에
경물마다 절로 다 쌍쌍이네
어찌하여 호수 위를 바라보면
다만 짝 이룬 원앙만 보이는가

畫屏繡步障 화병수보장

物物自成雙 물물자성쌍
如何湖上望 여하호상망
只是見鴛鴦 지시견원앙 (제5수)

라고 하여 '호상湖上'에서 떨어져 그리워하며 단지 원앙만 바라보
는 신세를 자탄하고 있다. 이 시의 서문의 일부를 보면,

　유지는 낙양 마을의 처녀였다. 아버지는 부유하고 뛰어난 상인이었
는데 풍랑으로 강호에서 죽었다. 그녀의 어머니는 다른 자식들은 아
랑곳하지 않고 오직 유지만을 사랑하였다. 유지는 17세가 되었으나
화장하거나 머리를 매만지는 일에는 관심이 없고 또 화장도 제대로
하지 않고 나가서 나뭇잎을 불어보고 꽃술을 깨물기도 했으며, 거문
고를 잘 타고 퉁소를 잘 불었는데, 마치 바다의 풍랑과 파도를 연상
케 하는 장엄한 곡조에 사모하고 원망이 가득한 듯한 음악을 연주하
였다. …유지는 두 갈래로 머리를 땋아 빗고 단정히 단장한 채 문 앞
에 서 있었는데, 봄바람에 옷깃이 날리고 있었다. 그녀가 나를 가리키
며, "님이 당제이신지요? 나흘 후 저는 이웃에 치마를 빨래하러 가는
데 박산에서 조용히 기다리겠으니 님도 함께 가시지요."라고 하여 나
는 허락하였다. 마침 장안에 함께 가야 하는 친구가 장난으로 내 봇
짐을 훔쳐가 더 머물 수가 없게 되었다. 그해 눈이 오던 겨울날 양산
이 와서, "동방의 제후 댁으로 시집을 가버렸네."라는 말을 하였다. 이
듬해 양산은 다시 동쪽으로 가야 했기에 서로 희상강에서 작별하였
다. 이에 시를 지어 그 옛일을 기록해둔다. 柳枝, 洛中里娘也. 父饒好賈,
風波死湖上. 其母不念他兒子, 獨念柳枝, 生十七年, 塗粧綰髻未嘗竟, 已復起去, 吹

葉嚼蕊, 調絲吹管, 作天海風濤之曲幽憶怨斷之音. ……柳枝丫鬟畢粧, 抱立扇下, 風障一袖, 指曰 "若叔是. 自後四日, 隣當去濺裙水上. 以博山香待與郎俱過." 余諾之. 會所友有偕當詣京師者, 戲盜余臥裝以先, 不果留. 雪中讓山至, 且曰 "東諸侯取去矣." 明年讓山復東, 相背於戲上, 因寓詩以墨其故處云云.(『玉谿生詩箋註』 권5)

참고로 조선조 이수광李睟光(1563~1629)의 『지봉유설芝峯類說』(권21)에는 이상은 시를 품평한 26개 조의 문장이 있는데, 그 품평 내용이 중국의 각종 시평과 다른 나름의 탁월한 분석을 가하고 있어서, 한중 시론 비교에 중요한 자료로 평가된다.(졸저 『청시화淸詩話와 조선시화朝鮮詩話의 당시론唐詩論』(2008): 『지봉유설芝峯類說』 권12 「문장부文章部의 이상은시李商隱詩 평문評文 비교」 참조.)

한강 잠실 漢江蠶室

강변 잠실에 삼월 봄날

실버들 햇빛에 물들어 금가루 뿌리네

고니는 휘익 날아서 어디로 가나

나루터 가는 오솔길엔 아지랑이 깔려 있네

江邊蠶室春三月 강변잠실춘삼월

細柳染光淋屑金 세류염광림설금

白鳥一飛何處去 백조일비하처거

通津小徑靄煙沈 통진소경애연침   (1989. 4)

* **蠶室**잠실 : 누에 치는 방. 서울시 송파구의 지명
* **染光**염광 : 햇빛에 물들다. 햇빛이 비추어서 어울리다
* **淋屑金**림설금 : 금가루를 뿌리다
* **通津**통진 : 나루터로 통하다. 나루터로 가다
* **小徑**소경 : 작은 길. 샛길. 지름길
* **靄煙**애연 : 아지랑이 안개

한강 잠실은 송파구에 속하는 강변 중심지이다. 아산에 오기 전엔 집이 송파구 가락동이어서, 잠실 석촌호수를 산책하다가 강변까지 걷곤 했다. 강가에는 넓은 광장도 있고 강을 가로지른 보堡(제방)도 있으며, 위로는 잠실대교와 전철이 다니는 잠실철교도 놓여 있다. 강변에서는 뱃놀이도 하고 낚시도 한다. 서울 안 시골 풍경의 단면이다.

당대 맹호연孟浩然(689~740)의 「건덕강에 숙박하며宿建德江」(『전당시』 권159)를 떠올려본다.

> 쪽배 저어 안개 낀 물가에 닿으니
> 해 저물어 나그네 시름이 새롭네
> 넓은 들판에 하늘이 나무 아래 드리우고
> 맑은 강에 달이 나 가까이 있네

> 移舟泊煙渚 이주박연저
> 日暮客愁新 일모객수신
> 野曠天低樹 야광천저수
> 江淸月近人 강청월근인

맹호연은 40세 전에는 은거하다가, 40세 이후에 장안에 와서 장구령張九齡, 왕유 등과 교유하면서도 벼슬은 못 하였다. 전원과 은일낭만 생활을 묘사하여 당나라 전원파田園派 시인으로 분류한다. 이 시는 여행 중에 전당강錢塘江(절강浙江성에 있음)의 지류로서 선녁현을 흘러가는 건덕강 가에 배를 정박하고, 나그네 시름을 저녁 풍경에 곁들여서 읊었다. 앞 2구는 저녁에 강가에 배를 세우고 밀려드는 시인의 객고를 노래하고, 뒤 2구는 강가 야경을 묘사하고 있다.

타이베이 감회 臺北有感

단수이강 동풍이 불어 물결 출렁이니
근심 어린 여관에는 버들 실 길구나
항아리 기울여 술 취해 좋은 짝 없는데
홀로 앉아 고향 그리니 애를 끊는 듯하네

淡水東風波蕩漾 담수동풍파탕양
含愁客舍柳絲長 함수객사류사장
傾壺一醉無佳侶 경호일취무가려
獨坐思鄕欲斷腸 독좌사향욕단장   (1973. 4)

* **臺北**대북 : 타이완(臺灣) 수도 타이베이
* **淡水**담수 : 타이베이를 가로질러 흐르는 단장淡江
* **蕩漾**탕양 : 물이 흐르는 모양. 물결이 움직이는 모양
* **含愁**함수 : 근심, 걱정을 지니다
* **客舍**객사 : 여관. 여사旅舍
* **傾壺**경호 : 병이나 항아리를 기울이다. 술병을 따르다
* **斷腸**단장 : 슬퍼서 창자가 끊어질 듯 마음 아프다

공군사관학교 중국어 교관에서 전역하고, 그해(1972) 여름 김포 공항에서 타이완으로 유학길에 올랐다. 결혼한 지 일곱 달 만에 홀로 임신 여섯 달인 새색시를 남겨놓고 떠나는 길이었다. 아내가 공항에서 전송하며 눈물짓던 그 모습을 잊을 수 없었다. 국립타이완사범대학 국문연구소 박사반에 입학한 유학 생활은 여러모로 적응하기에 쉽지 않았다. 타이베이 시를 흐르는 단장淡江 강변을 걷는 시간에 고향 집과 아내, 그리고 부모님 생각에 잠기곤 하였다. 혼자 걸으며 우리 가곡도 부르고 한시도 읊었다.

린인林尹 지도교수는 문장력을 키우라고 매주 시 한 수를 짓게 하고 중국 명문장을 외우도록 숙제를 부과하여, 주로 소통蕭統의 『문선文選』에서 작품을 골라서 암기하곤 하였다. 강가를 걷는 건 운동도 하기 위한 것이지만, 주된 목적은 혼자 멋대로 떠들며 읊고 외우는 데 있었다. 유학 기간에 만난 연세대 전인초 교수와 도올 김용옥 박사, 외교관이며 작곡가인 변훈 선생님은 잊을 수 없는 귀한 분들이다.

오랜 학위 과정을 거쳐서 박사학위 논문심사가 통과된 후에, 또 다른 지도교수인 치우셰유邱燮友 선생님이 송별하는 심정을 읊은 「무제시無題詩」를 지어주었으니(1978) 다음과 같다. 선생님의 크신 은혜를 영원히 잊을 수 없다.

나의 집은 구룡 가이고
자네 집은 한강 가라네
천지가 신령한 기운 사랑하여

서로 이제 또한 인연 맺었다네
봄이 오니 봄물이 나고
산에 꽃 피니 산이 불타듯 하네
같이 왕유 시를 읊으면서
등불 아래서 함께 참선을 공부하였지
망천장에는 밝은 달이 떠 있고
죽리관에는 흰 구름이 돌아가네
자네의 공부 마칠 날 마음 썼는데
자네를 보내려니 다시 슬퍼지누나

我家九龍畔 아가구룡반
君家漢水邊 군가한수변
天地鍾靈氣 천지종령기
相今亦有緣 상금역유연
春來春水生 춘래춘수생
山花山欲燃 산화산욕연
同吟摩詰詩 동음마힐시
燈下共硏禪 등하공연선
輞川明月在 망천명월재
竹里白雲還 죽리백운환
思君學成日 사군학성일
送君又悄然 송군우초연

치우 선생님과 그 사모님의 지도와 보살핌을 지금까지도 생생하게 느끼면서 늘 감사한다. 정년 퇴임 직전 7월(2008), 국립타이완

사범대학 초청으로 아내와 같이 가서 며칠간 치우 선생님 가족과 지낸 일을 잊을 수 없다. 시에서 '구룡九龍'은 치우 선생님의 고향인 복건성 구룡이니 고향 가고픈 마음 깊었으리라 본다. '망천輞川'과 '죽리竹里'는 왕유가 만년에 머물렀던 장안 곡강曲江 가의 별장 망천장과 그 안에 있는 죽리관을 가리키며, '마힐摩詰'은 왕유의 자字이다. "참선을 공부하였지" 구는 왕유를 시불詩佛이라 칭하고 그의 시에 선시禪詩가 많기 때문이다.

봄날 누대에 올라 春日登樓

봄빛 집에 가득히 꽃이 눈 같은데
멀리 안개 낀 물가 바라보며 마음 답답하다
노후에 쓸쓸히 회고하는 곳
수심에 차서 외로이 높은 누대 디딘다

春光滿院花如雪 춘광만원화여설
極目煙渚腦綢繆 극목연저뇌주무
老後蕭條回顧處 로후소조회고처
含愁踽踽踏高樓 함수우우답고루   (2010. 5)

* **極目**극목 : 시력이 미치는 한. 멀리 보다
* **煙渚**연저 : 안개 같은 것이 끼어 흐릿하게 보이는 물가
* **綢繆**주무 : 서로 얽히다. 동여매다. 그윽하다
* **蕭條**소조 : 쓸쓸한 모양. 한적한 모양
* **含愁**함수 : 근심을 지니다. 수심에 차다
* **踽踽**우우 : 혼자 가는 모양. 외로운 모양

계절이 바뀌어 겨울을 털고 화창한 봄이 되면 그 누구나 만감이 교차한다. 심신의 변화가 오고 활기가 넘치는 계절에 움츠린 의식이 몸을 안에서 밖으로 나가게 한다. 은퇴 후에(2010), 중국 지린대학 초빙교수로 봄학기에 장춘에 머물러 있었다. 지린대학 대학원에서 강의한 한중 시가 비교연구 강좌는 한국 한시의 중국시와의 상관성을 주제로 삼았는데, 한국 조선조 시화詩話에서의 중국시론도 중국 학생들에게 상당한 관심을 집중시켰다.

이 강좌의 주된 테마로는 『전당시』에 수록된 신라 문인시, 최치원과 나은羅隱 시 비교, 고려 진화陳澕와 성당시盛唐詩 풍격, 김구용金九容 시와 당시唐詩 사조, 『명시종明詩綜』에 수록된 고려 문인 시 등을 선택하였다. 조선조 성간成侃의 『진일유고眞逸遺藁』와 당송唐宋 풍격, 정두경鄭斗卿과 이백의 악부시樂府詩, 신위申緯와 왕유 시의 신운미神韻味, 그리고 조선 시화詩話로는 『청창연담晴窓軟談』의 당시론, 『제호시화霽湖詩話』의 당시 형식론, 『학산초담鶴山樵談』과 삼당시인론, 『지봉유설』의 이백과 이상은에 대한 시평 등을 포함시켰다. 아울러 3편의 박사학위 논문심사에 참여한 것도 추억으로 남는다.

북쪽 만주 지방이어서 5월 초에야 초목이 파릇해지고 꽃도 피기 시작한다. 그곳도 봄바람 따라 교정에 여러 꽃이 맺혀서 하얗고 빨갛게 덮여 있다. 장춘의 겨울 추위가 너무 혹독해서 오래 기다리던 5월의 봄이 되니, 새삼스레 고국의 봄과 대조되고 사향지심思鄕之心이 깊이 우러났다. 당대 최호崔顥(704?~754)의 「황학루黃鶴

樓」(『전당시』권130)를 떠올려본다.

옛사람 이미 황학 타고 떠나고
이곳에 텅 빈 황학루만 남았네
황학 떠나가 다시 돌아오지 않고
흰 구름만 천년 두고 아득히 흘러간다
맑은 강물에 한양 나무 뚜렷하고
향기론 풀 앵무주에 무성하네
해 저무니 고향은 어디인가
안개 낀 강가에 서니 수심 차누나

昔人已乘黃鶴去 석인이승황학거
此地空餘黃鶴樓 차지공여황학루
黃鶴一去不復返 황학일거불부반
白雲千載空悠悠 백운천재공유유
晴川歷歷漢陽樹 청천역력한양수
芳草萋萋鸚鵡洲 방초처처앵무주
日暮鄉關何處是 일모향관하처시
煙波江上使人愁 연파강상사인수

황학루는 지금 호북湖北성 무창武昌현 서쪽 황곡기黃鵠磯 위에
있는 누각이다. '한양'은 호북성 한양현이며, '앵무주'는 호북성
한양현 서남쪽 장강에 있는 섬이다. 왕곡王轂의 『보응록報應錄』에
황학루의 유래가 기록되어 있으니, 그에 의하면 강하江夏의 신辛
씨가 술장사를 하는데 한 노인이 술을 반년이나 대금 없이 마시

다가 그 사은으로 귤껍질로 벽에 학을 그리니 그 학이 춤추곤 하였다. 그로 인해 신 씨는 부자가 되었는데 하루는 그 노인이 찾아와서 피리를 불며 황학을 타고 구름 위로 올라감에 신 씨가 그 자리에 누각을 세우니 그것이 황학루이다. 최호는 변주卞州인으로 개원 11년(723)에 진사 급제하고 천보 연간에 상서사훈원외랑尚書司勳員外郎을 지냈다. 그의 젊은 시절 시는 시풍이 부허하고 미려하고 경박하였으나, 만년에 풍골이 위풍이 있어 의젓하였다.

이 시는 무창에서 유람하다가 황학루에 올라서 감개 어린 심정으로 지은 시이다. 전설에 의하면 이백이「황학루에 올라가서」라는 시를 지으려다가 최호의 시를 보고 "눈앞의 경치 말로 할 수 없는데, 최호가 지은 시는 머리 위에 있네(眼前有景道不得, 崔顥題詩在上頭)"라고 탄식하면서 붓을 내려놓았다고 한다.

시의 운율은 고시 격식의 율시 형식이다. 앞 4구는 운율이 아니 맞고 뒤 4구는 맞는다. 제3연의 "청천역력한양수晴天歷歷漢陽樹" 구는 평측平仄 성조상 '평평측측측평측'으로 '陽양' 자가 '고평孤平'이며 대구 "방초처처앵무주芳草萋萋鸚鵡洲" 구는 '평측평평평측평'으로 '앵鸚' 자가 본래 측성仄聲이어야 하는데 평성平聲으로 바뀌어 요구拗救(운율이 거꾸로 맞게 함)하고 있다. 이 시는 '유유悠悠, 역력歷歷, 처처萋萋' 등의 첩자疊字를 사용하였고, '황학黃鶴'도 세 번 보이며 '인人', '거去', '공空' 자도 두 번이나 보인다. 제2연은 대우가 아닌 것 같으나 제3연은 오히려 대구가 공교롭다.

후에 이백이 금릉金陵(지금의 남경南京)의 봉황대에 올라가서 최호

시의 운韻을 빌려서 「금릉 봉황대에 올라登金陵鳳凰臺」(『전당시』 권 164)를 지으니, 이들 두 시는 만고萬古의 절창絶唱으로 애송된다.

봉황대에서 봉황이 놀다가
봉황은 떠나 누대 텅 비고 강물 절로 흐른다
오나라 궁궐 화초 깊은 오솔길에 파묻었고
진대 고관들은 옛 언덕 되었네
삼산은 나직이 푸른 하늘 밖에 드리워 있고
이수 강물은 백로주에 갈라져 흐른다
항상 뜬구름이 해를 가릴 수 있거늘
장안이 안 보이니 수심에 차누나

鳳凰臺上鳳凰遊 봉황대상봉황유
鳳去臺空江自流 봉거대공강자류
吳宮花草埋幽徑 오궁화초매유경
晉代衣冠成古丘 진대의관성고구
三山半落青天外 삼산반락청천외
二水中分白鷺洲 이수중분백로주
總爲浮雲能蔽日 총위부운능폐일
長安不見使人愁 장안불견사인수

시에서 제2연은 고인을 보지 못함을 생각하고, 제3, 4연은 지금의 경치를 읊으면서 왕도를 볼 수 없음을 탄식하고 있다. 누대에 올라서 바라보며 감회가 깊다. 금릉은 오吳나라의 도읍으로서, '삼산三山'과 '이수二水', '백로주白鷺洲' 모두가 금릉의 산수 명칭이다.

금릉은 북쪽으로 중원 당나라 도읍 장안을 바라볼 수 있으므로 이백은 '뜬구름이 가리다', '장안이 안 보인다'라는 구로 수심을 표현하였다. 명대 고보영高步瀛의 『당송시거요唐宋詩擧要』에서는 위 두 시를 비교하여 서술하기를, "이백의 이 시는 전적으로 최호의 황학루를 본뜬 것으로, 끝내 최호의 시의 초탈하고 오묘한 경지를 따르지 못하는데, 다만 결구의 뜻 표현은 뛰어난 것 같다(太白此詩 全摹崔顥黃鶴樓, 而終不及崔詩之超妙, 惟結句用意似勝)"라고 하였다.

지금 황학루는 높이 그 위용을 자랑하며 서 있으나, 이백이 올랐던 봉황대는 자취도 없고 그 자리에 봉황대호텔이 서 있으니, 난징南京사범대학의 중한문화중심中韓文化中心 창립기념식에 초청 방문했을 때(2005), 한국외국어대학교 남성우 교수와 함께 그 호텔에 유숙하면서 이백의 이 시를 읊었던 추억이 새롭다.

이른 봄 옛집 早春舊院

오래전 여기서 노닐 땐
홍매화꽃 가득 피고 집은 새로 단장했었지
이제 다시 가서 주변 둘러보니
늙은 나무에 꽃은 드물고 할미는 백발 되었네

好久之前此地遊 호구지전차지유
紅梅開滿院新修 홍매개만원신수
今時再往周邊看 금시재왕주변간
老木花稀姥白頭 로목화희모백두   (1990. 4)

* 舊院 구원 : 오래된 뜰, 정원
* 新修신수 : 새로이 고치다, 짓다
* 姥모 : 할미, 늙은 여자

젊은 시절 한때 서울시 금천구 시흥동에 살았었다. 그 당시 서
울시에 속하는 동네였지만 주변이 전원풍경이었다. 수백 년 된 은

행나무 두 그루가 서 있었고, 뒷산에는 자유당 정권의 고관을 지
낸 장택상 별장이 있어서 자주 산책로로 이용하였다. 20여 년이
지난 어느 날 옛 추억을 더듬으면서 몰라보게 변한 동네를 두리
번거리며 그 별장을 다시 찾아갔었다.

뜰에 핀 매화를 소재로 지은 송대 임포林逋(976~1028)의 「산 정원
매화山園小梅」(『임화정시집林和靖詩集』)를 떠올려본다.

꽃이 떨어져도 홀로 밝고 고우니
경치에 잠긴 마음 작은 뜰로 향하네
성긴 그림자 가로 지고 물은 맑고 얕은데
그윽한 꽃향기 감돌고 달은 기우네
겨울새 내리려다 먼저 훔쳐보고
흰 나비도 알았다면 넋이 나갔겠지
다행히 시를 읊으며 서로 친할 수 있으니
노래판이나 금 술잔이 무슨 소용 있겠나

衆芳搖落獨暄妍　중방요락독훤연
占盡風情向小園　점진풍정향소원
疏影橫斜水清淺　소영횡사수청천
暗香浮動月黃昏　암향부동월황혼
霜禽欲下先偸眼　상금욕하선투안
粉蝶如知合斷魂　분접여지합단혼
幸有微吟可相狎　행유미음가상압
不須檀板共金樽　불수단판공금준

작자 임포는 자가 군복君復으로, 전당錢塘 사람이다. 어려서 강회江淮 지역을 유람하고 항주 고산孤山에서 20년간 은거하며 매화를 심고 학을 길러 일명 '매처학자梅妻鶴子'(매화의 처이며 학의 아들)라고 칭한다. 시풍은 담원하며 전이錢易, 범중엄范仲淹, 매요신梅堯臣 등과 화답하였다.

이 시는 고요한 산 숲속에서 고운 자태 뽐내는 매화를 감상하며 쓴 것이다. 매화를 영물하면서 감흥을 의탁한 묘사가 정경교융의 극치를 보여준다. 그래서 송대 소식은 「임포의 시 뒤에 쓴다書林逋詩後」에서 "선생은 매우 뛰어난 사람이니, 마음과 몸이 맑고 냉정하여 속된 먼지가 없네(先生可是絶倫人, 神淸骨冷無塵俗)"라 읊었고, 『사고전서총목四庫全書總目』에서는 "그 시가 맑고 곱고 높고 빼어나서, 마치 그 사람됨 같다(其詩澄澹高逸, 如其爲人)"라고 서술하여 시가 시인 인격의 화신으로 느껴진다.

봄 제비 春燕

제비 한 쌍 날아와서 아침 햇살 희롱하며
드리운 버들가지, 흩어진 꽃술 속에 두 날개 팔락이네
따뜻한 바람 이는 실버들 가벼이 건들면서
처마 밑에 드나들며 들보에 진흙 그림 그리네

雙燕飛來弄曙光 쌍연비래롱서광
垂絲散蕊兩翅狂 수사산예양시광
暖風細柳輕拂觸 난풍세류경불촉
簷下來出泥畵梁 첨하래출니화량   (2021. 4)

* **曙光**서광 : 아침 햇빛. 새벽빛
* **垂絲散蕊**수사산예 : 늘어진 실가지와 흩어진 꽃술
* **兩翅狂**양시광 : 두 날개를 미친 듯 빨리 치다
* **拂觸**불촉 : 건들어 털다. 닿아 떨다
* **簷下**첨하 : 처마 밑
* **泥畵梁**니화량 : 진흙으로 들보에 그림 그리다. 진흙으로 들보에 집을 짓다

제비를 소재로 해서 쓴 봄 노래이다. 아산 집 건너편에 오래된 기와집 처마 밑으로 제비 한 쌍이 입에 지푸라기를 물고 쉬지 않고 드나든다. 시골에 내려와서 맞는 첫봄의 정경이다. 그 집 앞마당에는 버드나무 한 그루가 서 있다. 봄을 연상시키는 제비와 수양버들의 조화가 인상적이다.

당대 유우석劉禹錫(772~842)이 금릉의 포구 봄날 정경을 노래한 유명한 시 「오의항烏衣巷」(『유빈객문집劉賓客文集』권24)을 떠올려본다.

주작교 옆에 들풀꽃 피고
오의항 입구에는 석양이 기우네
옛날 귀족 왕도와 사안의 집이건만
이젠 제비가 날아드는 평범한 백성 집

朱雀橋邊野草花 주작교변야초화
烏衣巷口夕陽斜 오의항구석양사
舊時王謝堂前燕 구시왕사당전연
飛入尋常百姓家 비입심상백성가

동진 시대 권력자 왕도王導와 사안謝安을 시어로 묘사하면서 삶의 무상함을 비유적으로 암시한다. '주작교朱雀橋'는 육조六朝 시대 도성 남문 밖에 있던 다리이며, '오의항烏衣巷'은 포구 이름으로 동진의 재상 왕도와 사안 두 사람의 가족이 건업建業의 이 포구에 살았는데, 자녀가 '오의烏衣'(검은 옷)를 자주 입었다고 하여 붙여진 이름이다.

유우석은 자가 몽득夢得이며, 팽성彭城(지금의 강소성 동산東山)인이다. 21세에 진사에 급제하여 왕숙문王叔文의 추천으로 감찰어사監察御使를 지내다가, 왕숙문이 귀양 가니 유우석도 낭주郎州(지금의 호남성湖南省 상덕常德)사마司馬로 좌천되어 10여 년 머물면서, 민가民歌를 시와 접목시켜서 새로운 시가를 창작하여 '시호詩豪'라는 칭호를 얻었다. 그의 문학적 가치는 정통 시의 상상적이며 초탈적인 풍격에 민가적 사실과 음악적 화음을 정경교융으로, 즉 시의 흥취와 사물의 진실을 조화롭게 묘사한 점을 높이 평가한다. 백거이白居易(772~846)는 그의 시를 평가하기를, "팽성의 유우석은 시호라 할 것이니, 그 시의 예리함이 엄정하여 견줄 만한 사람이 적다(彭城劉夢得詩豪者也, 其鋒森然, 少敢當者)"라고 칭찬하였다.

비원의 봄노래 祕苑春詞

구슬 발 조용히 걷으니 물가 정자가 찬데

옥 꽃술 바람에 흩날려 곳곳이 향긋하네

어디선가 울리는 거문고

일제히 소리에 오묘한 경지에 드는데

연못 가 제비 한 쌍 궁궐 담에 앉아 있네

珠簾靜捲水亭涼 주렴정권수정량

玉蕊風飄處處香 옥예풍표처처향

何處鳴琴齊入奧 하처명금제입오

池塘雙燕坐宮墻 지당쌍연좌궁장   (1993. 4)

* **祕苑**비원 : 금원禁苑. 서울시 원서동苑西洞에 있는 조선 초기에 세워진 대궐 창 덕궁昌德宮 안에 있는 궁원宮苑을 가리키던 말. 지금은 후원이라고 한다
* **春詞**춘사 : 봄을 읊은 시
* **珠簾**주렴 : 구슬로 꿴 발
* **靜捲**정권 : 조용히 말다, 걷다
* **水亭**수정 : 물 가운데나 물가에 지은 정자
* **玉蕊**옥예 : 옥같이 고운 꽃술

- **風飄**풍표 : 바람이 세게 불다. 표풍飄風은 회오리바람. 바람에 가벼이 날리다 바람에 흩어져 떨어지다
- **齊**제 : 일제히. 다
- **入奧**입오 : 오묘한 경지에 들다
- **池塘**지당 : 연못

　창덕궁昌德宮의 궁원인 일명 비원은 계절 따라 각기 매우 아름다운 경치를 보여준다. 계절이 바뀔 때마다 부부 동반하여 찾아간다. 그 안에 언덕길을 내려가면 부용지芙蓉池라는 연못이 보이고 연못 속에 정자가 서 있다. 우리 같은 관광객을 위해서 시간별로 정자에서 국악 연주를 하며 무예도 보여준다.

　조선조 신위申緯(1769~1845)의 「연못 정자池亭」(『자하시집紫霞詩集』권1) 시를 떠올려본다.

　　잠자리는 푸른 눈 달고 날며
　　붉은 옷깃 둘린 제비 이리저리 날아
　　지는 해에 저녁 바람이 연못 집에 불고
　　물 무늬 숲 그림자가 창 사립문에 어리네.

　　碧眼蜻蜓相戴　벽안청정상대
　　紅襟燕子交飛　홍금연자교비
　　落日晚風池館　락일만풍지관
　　水紋林影窓扉　수문림영창비

시에서 회화적인 묘사법을 쓰고 있어서, 색감(紅, 碧)과 함께 제 1, 2구의 생동하는 자태, 그리고 제3, 4구에서는 회화의 농담濃淡과 원근遠近의 배츤陪襯(짝이 되게 대비시킴)을 시도하고 있다.

이어서 조선 후기 박규수朴珪壽(1807~1876)는 궁궐 풍경을 묘사한 궁사체시「봉소악 은은한 소리鳳韶餘響絶句」('鳳韶봉소'는 순舜임금이 지었다는 음악) 100수(『헌재집瓛齋集』)를 지었는데, 그중에 제1수와 제5수를 소개한다.

아름다운 북한산 고운 기상 푸르게 물들어
근정문 열어놓아 옥 궁전 통하네
만 송이 붉은 구름 낀 북쪽 바라보니
봉래산 아침 해는 동트며 비추네

華山佳氣鬱葱蘢 화산가기울총롱
勤政門開玉殿通 근정문개옥전통
萬朶紅雲瞻北極 만타홍운첨북극
蓬萊旭日照曈曈 봉래욱일조롱동 (제1수)

대궐 문 한 굽이에서 선도를 바치니
기뻐하여 궁궐에서 비단 도포 내리셨네
문소전에 드리는 예식이 끝나니
궁궐에 봄빛이 붉은 술 동이에 비추네

天門一曲獻仙桃 천문일곡헌선도
歡喜官家賜錦袍 환희관가사금포

捧上文昭行禮罷 봉상문소행례파

九重春色映紅醪 구중춘색영홍료 (제5수)

위의 제5수는 조선 초기에 공정대왕恭靖大王(정종)이 상왕上王으로 있을 당시 상왕궁의 환관宦官이 2월 말에 정원에서 딴 복숭아 고사를 시로 묘사한 것이다. 선홍색이어서 상도霜桃(서리 낀 복숭아) 같은 복숭아를 문소전文昭殿에 올리고 태종太宗에게도 선도仙桃라 하며 진상하니, 태종이 기뻐하며 입고 있던 어포御袍를 환관에게 하사하고, 상왕궁에서 연회를 베풀어 밤새 즐겼다고 한다(이육李陸 『청파극담靑坡劇談』).

길에서 비를 맞으며 路上遇雨

서서 먹구름 보매 비 내릴 기운 있어
저 언덕에 마구 뿌려대니 여기만 맑네
어느새 도롱이에 축축한 빗방울 날리는데
먼 산기슭에는 밝게 개어 석양이 밝아

立望黑雲含雨氣 립망흑운함우기
噴射彼岸只斯晴 분사피안지사청
一瞬蓑笠飛漣滴 일순사립비련적
遠麓晴和夕日明 원록청화석일명   (2003. 8)

* 噴射분사 : 뿜어서 쏘아내다
* 彼岸피안 : 저 언덕. (불교) 세상 모든 고뇌를 벗어나서 깨우치는 경지
* 斯사 : 이. 이곳. 차此와 뜻이 같음
* 蓑笠사립 : 도롱이와 삿갓
* 漣滴련적 : 흘러내리는 물방울
* 晴和청화 : 맑게 개어 날씨가 화창함

베이징대학의 객좌교수로 중국 베이징에 머물러 있을 때였다. 어느 여름날 머물던 숙소에 소나기가 내리는데, 겨우 한 마장 거리에 있는 웨이밍후未名湖라는 호수에는 햇빛이 비치고 있다. 그러더니 조금 후엔 오히려 호수에 갑자기 검은 구름이 일면서 비가 내리고 숙소에는 맑은 하늘을 드러낸다. 학교 경내에서 일어나는 자연현상이다. 그해따라 베이징에 장맛비가 오래 가고 하루에도 여러 차례 갑작스러운 날씨 변화가 일어났다.

한 학기 체류하는 기간에 베이징대학 중문과의 혈민논단孑民論壇에서 「최치원과 나은羅隱 시 상관성에 대해서」 논문을 발표하고 중국사회과학원에서도 「『전당시』 소재 신라인 시」를 발표한 일이 기억난다. 혈민孑民이란 베이징대학 초대 총장이었던 차이위안페이蔡元培의 아호이다.

장맛비와 연관하여 당대 왕유의 「장맛비 망천장積雨輞川莊作」(『왕우승집전주』 권10)이 생각난다.

> 장마진 텅 빈 숲에서 밥 짓는 불 피워
> 명아주 나물에 기장밥 지어 동쪽 밭에 보내
> 아득히 넓은 논에는 백로가 날아가고
> 녹음 짙은 여름 숲에는 꾀꼬리 노래한다
> 산속에서 조용히 수양하며 무궁화 감상하고
> 솔 아래 맑게 재계하며 이슬 맺힌 해바라기 딴다
> 시골 노인 이미 자리다툼 그만두었거늘
> 갈매기는 어인 일로 다시 의심하는가

積雨空林烟火遲　적우공림연화지
蒸藜炊黍餉東菑　증려취서향동치
漠漠水田飛白鷺　막막수전비백로
陰陰夏木囀黃鸝　음음하목전황리
山中習靜觀朝槿　산중습정관조근
松下淸齋折露葵　송하청재절로규
野老與人爭席罷　야로여인쟁석파
海鷗何事更相疑　해구하사갱상의

　망천장은 왕유가 만년에 은거하며 지내던 별장이다. 당나라 수도인 장안 곡강曲江 가에 지어진 역사적인 집으로, 당대 초기에 시인으로 율시律詩 형식의 시를 창안하여 중국시의 개혁과 발전을 주도한 송지문宋之問이 머물렀던 별장이다. 이곳에서 수다한 문인들이 왕래하며 시회를 열어 화창하였다. 그곳에는 도처에 아름다운 놀이터가 있었으니, 맹성요孟城坳, 화자강華子岡, 문행관文杏館, 유랑柳浪, 죽리관竹里館 등 20곳이 있었다. 왕유는 망천장 명승지 20곳을 시제로 친구 배적과 창화시唱和詩를 지어서 『망천집輞川集』을 남겼다.

달밤 소나기 月夜驟雨

달 밝은 산 위에 구름 떠 있어
볼 만한 그 모습 하늘의 신 같아
기세 세차서 용 같은 준마 따르니
한바탕 뿌리는 비 멀리 쌓인 먼지 씻어내

水鏡分明嶺上雲 수경분명령상운
可觀形狀似天神 가관형상사천신
氣流勇猛從龍駟 기류용맹종룡사
一雨淸洮萬里塵 일우청조만리진   (2008. 8)

- **驟雨**취우 : 소나기. 소낙비
- **水鏡**수경 : 달(月)의 딴 일컬음. 맑고 깨끗한 인격의 비유
- **龍駟**용사 : 한 마차를 끄는 네 마리의 준마駿馬
- **一雨**일우 : 한번 내리는 비. 갑자기 내리는 비. 한바탕 비
- **淸洮**청조 : 맑게, 깨끗이 씻어내다
- **萬里塵**만리진 : 만 리 멀리 쌓인 먼지. 세상의 더러운 먼지

달이 구름 사이로 간간이 보이는 창밖에서, 갑작스레 유리창을 때리는 요란한 소리에 맞춰서 내리는 소나기에 깜짝 놀라기까지 하였다. 여름 날씨에 흔히 보는 현상이지만, 그날은 순간적으로 만감이 교차하였다. 인생도 이런 것인가. 긴 학교 생활이 주마등처럼 뇌리를 스치고 지나갔다. 학교에서 정년퇴임식을 며칠 앞두고 있던 시기이었기 때문이다. 은퇴한 지 벌써 10여 년이 지난 오늘, 그 당시 같이 지내던 선후배 교수들이 그립다.

남송 초기에 강서시파江西詩派 시인인 진여의陳與義(1090~1139)의 시「밤비夜雨」(『간재집簡齋集』 권2)를 떠올려본다.

　한 해 내내 사립문 닫고 모든 일 멀리하고
　이 몸은 오직 푸른 이끼에 누워 지내네
　매미 소리 아직 가을바람 일기에 이른데
　나뭇잎이 온통 울며 밤비가 내린다
　바둑으로 헛된 세상 이치를 알 만하니
　등불은 응당 좋은 시 지으라고 켜져 있겠지
　홀로 송옥의 비가를 읊을 마음 없으니
　다만 서늘한 느낌에 기꺼이 술잔 들리라

　經歲柴門百事乖 경세시문백사괴
　此身只合臥蒼苔 차신지합와창태
　蟬聲未足秋風起 선성미족추풍기
　木葉俱鳴夜雨來 목엽구명야우래
　棋局可觀浮世理 기국가관부세리

燈火應爲好詩開 등화응위호시개

獨無宋玉悲歌念 독무송옥비가념

但喜新涼入酒杯 단희신량입주배

'송옥宋玉'은 한漢나라 문인으로 굴원의 초사를 계승하여 사부辭賦 문학을 발전시켰다. 시에서 다소 침잠된 기분을 자아내지만, 전체가 제1구에 초점을 맞추어서, 그다음 구들을 시각적인 '기국棋局(바둑판)', '등화燈火(등불)', '주배酒杯(술잔)' 등과 청각적인 '선성蟬聲(매미 소리)', '목엽木葉(나뭇잎)' 등으로 연결되어 심리적인 내적 자성 의식이 드러난다.

진여의는 자가 거비去非, 호는 간재거사簡齋居士로 낙양인洛陽人이다. 관직은 참지정사參知政事를 지내고, 강서시파 추종자의 한 사람이며 『간재집簡齋集』이 있다. 그의 율시는 두보를 배워서 성조가 밝고 침착하다. 고시는 황정견과 진사도의 영향을 받았다고 본다.

산속 머물며 山中居

저녁에 대발 걷어 먼 산기슭 바라보니

울타리 담쟁이가 푸른 냇물에 잠겼네

한가로이 시집 가까이하다 언뜻 졸다가

깨어나니 황혼이 서산을 물들였네

暮捲竹簾觀遠麓 모권죽렴관원록

籬畔垂蘿沈靑溪 리반수라침청계

閒近詩卷一時睡 한근시권일시수

醒起黃昏染山西 성기황혼염산서　　　　　　　　　　(2021. 9)

* **竹簾**죽렴 : 대발. 대나무로 만든 발
* **遠麓**원록 : 멀리 있는 산기슭
* **籬畔**이반 : 울타리 가, 변두리
* **垂蘿**수라 : 줄기가 늘어진 담쟁이
* **靑溪**청계 : 푸른 시내. 맑은 냇물
* **詩卷**시권 : 시를 모은 책. 시집
* **醒起**성기 : (잠에서) 깨어나다
* **染山西**염산서 : 산 서쪽을 물들다. 서산西山에 걸쳐 있다. 서쪽 산으로 지다

충남 아산의 북쪽 한 작은 마을에 거주하는 시골 생활이 은둔적인 의식을 짙게 한다. 궁벽한 곳이 아닌, 자동차로 10분 이내의 거리에 마트며 식당을 찾을 수 있는 비교적 편리한 마을인데도, 대도시 생활에서 벗어난 지난 1년이기에 더욱 그러한가 보다. 그래서 이런 초탈적인 마음을 표현한 것이다. 노년에 갑작스런 도시 탈출의 결심은 매우 우연한 동기에서 시작하였기 때문이다. 삶이란 이렇게 우연한 사건으로 나름의 변화도 가능하다는 점을 인정하게 된다.

처한 환경은 다르지만 시제詩題로 상통하는 시로 왕유의 「산속 가을 저녁山居秋暝」(『왕우승집전주』 권7)을 소개한다.

> 텅 빈 산 비가 갓 온 후
> 날씨가 저녁 되니 가을이네
> 밝은 달 솔 사이로 비추고
> 맑은 샘은 돌 위로 흐른다
> 대숲이 부스럭 빨래하고 가는 여인
> 연꽃 출렁이며 고깃배 지나가네
> 어느새 봄 향기 다 시들었지만
> 귀한 님 더 머물러 있기를

> 空山新雨後 공산신우후
> 天氣晩來秋 천기만래추
> 明月松間照 명월송간조
> 淸泉石上流 청천석상류

竹喧歸浣女 죽훤귀완녀
蓮動下漁舟 련동하어주
隨意春芳歇 수의춘방헐
王孫自可留 왕손자가류

　　망천장에서 속세에 대한 미련을 떨치고 산수를 벗하며 지내는
한적한 생활을 가을밤의 정경을 통해 묘사한다. 청대 오교吳喬는
『위로시화圍爐詩話』에서 이 시의 제2연에 대해 너무도 천진하고
우아하여 어린아이의 맑은 소리를 듣는 것 같다고 하였다.

혼자 읊기 自吟

궁궐 안 연꽃 늪 가까이서 보니

이무기가 서둘러서 거친 물결 출렁인다

문득 가을바람 쳐서 나뭇잎 흩날리니

지난날 회상하며 울면서 노래 부른다

近觀闕內芙蓉沼 근관궐내부용소

水蛟多忙漲激波 수교다망창격파

忽打秋風飛散葉 홀타추풍비산엽

追思過去泣唱歌 추사과거읍창가   (2009. 10)

* **闕內**궐내 : 여기선 창덕궁 후원을 일컬음
* **芙蓉沼**부용소 : 연꽃이 핀 창덕궁 후원의 연못 부용지芙蓉池를 가리킴
* **水蛟**수교 : 물속에 사는 교룡. 상상적인 동물
* **漲激波**창격파 : 세찬 물결 넘치다. 바람에 물결이 출렁이다
* **飛散**비산 : 흩날리다. 날아서 흩어지다
* **追思**추사 : 미루어 생각하다. 돌아보다
* **過去**과거 : 이미 지나간 때. 현재의 이전. 지나감. 전세前世
* **泣**읍 : 흐느끼다. 울다
* **唱歌**창가 : 노래 부르다. 여기서 가歌는 교가를 의미

학교에서 정년 퇴임하고서 그 이듬해(2009) 가을 다시 창덕궁 후원을 찾았다. 그해 6월 전립선암 수술 후 어느 정도 회복된 상태였다. 심약하여 삶에 대한 집착이 강하지만, 자신감이 떨어진 심기 속에 기분 전환의 기회를 갖고 싶어서였다. 추풍이 부용지를 덮자, 자욱한 흙먼지가 날아오면서 낙엽 진 연못이 물결치기 시작했다. 쓸쓸하면서 슬픈 심정이 들었다. 자신도 모르게 모교 고등학교 교가를 부르고 있었다. "남산의 씩씩한 기상을 받아 이 나라 이 겨레의 큰 그릇 되고 한가람 물결은 끊임이 없어 자유와 관용을 깨우치도다……." 벌써 반세기 전에 졸업해서 잊혀진 줄 알았던 교가가 생생하게 기억될 줄 스스로 몰랐다.

육조 시대 제齊나라 사조謝朓(464~499)는 산수시인 사령운謝靈運(385~433)의 시풍을 이어받아서 세칭 '소사小謝'라 하여, 그 시풍이 '청신준미淸新俊美'(청신하고 아름다움)하고 '기흥원심寄興遠深'(흥취를 부침이 멀고도 깊음)하다. 그의 「왕중승의 거문고 가락에 화답和王中丞聞琴」(『전한삼국진남북조시全漢三國晉南北朝詩』 전제시全齊詩 권3)을 떠올려본다.

서늘한 바람 달빛 어린 이슬에 불고
둥근 빛이 맑은 그늘에 움직이네
난초 향기 가슴에 스며드는데
그대 이 밤의 거문고 소리 듣네
쓸쓸하게 숲 가득 울리는데
가벼운 곡조 냇물 소리에 어울려 나네
편안하고 고요하게 살아오지 못하여

강이나 바다를 향한 마음 때를 잃었구나

凉風吹月露 량풍취월로
圓景動淸陰 원경동청음
蕙氣入懷抱 혜기입회포
聞君此夜琴 문군차야금
蕭瑟滿林聽 소슬만림청
輕鳴響澗音 경명향간음
無爲澹容與 무위담용여
蹉跎江海心 차타강해심

 고요한 숲속에서 바람 소리와 어울려 나는 거문고 소리 들으며
지내는 은자의 회한 어린 심경이 섬세하고도 미묘하게 묘사되어
있다.

늙은이 혼자 읊어 老生自吟

갈대 물가 가랑비 내리는 밤 수심에 젖어
옷깃을 떨어대니 낙엽이 스며든다
험한 길 한평생 매인 것 없이 지내는데
음봉면 산천 풍경이 내 마음 사로잡네

蘆汀微雨夜愁吟 로정미우야수음
抖擻衣襟黃葉侵 두수의금황엽침
險路一生無束縛 험로일생무속박
陰峰山水我心擒 음봉산수아심금

(2021. 11)

* **老生**로생 : 노인. 늙은이
* **蘆汀**로정 : 갈대가 있는 물가
* **微雨**미우 : 가랑비. 보슬비
* **抖擻**두수 : 손으로 물건을 들어 털다. 떨어버리다
* **衣襟**의금 : 옷깃
* **陰峰**음봉 : 충청남도 음봉면
* **擒**금 : 사로잡다. 붙잡다

노년의 늦가을은 더욱 서글프다. 도시를 떠나 전원에 사니까, 계절 감각이 더 민감해진다. 오늘도 저녁 오솔길을 걷는다. 겨울을 재촉하는 가랑비 속에 낙엽도 밟으면서 아산시 음봉면 저수지 옆길을 혼자서 걷는다. 인생무상人生無常을 깊이 절감한다.

당대 진자앙陳子昂(661~702)의 악부시 「유주대에 올라登幽州臺歌」(『진자앙집陳子昂集』 권1)가 저절로 읊어진다.

> 앞에는 옛사람 보이지 않고
> 뒤에는 올 사람 보이지 않네
> 천지가 그지없음을 생각하며
> 홀로 슬퍼서 눈물 흘리네
>
> 前不見古人 전불견고인
> 後不見來者 후불견래자
> 念天地之悠悠 염천지지유유
> 獨愴然而涕下 독창연이체하

감회시로서 삶의 무상을 절실하게 토로하고 있다. 시제의 유주幽州는 하북河北 계현薊縣(지금의 북경)으로, 연燕나라 소왕昭王이 여기에 황금대黃金臺를 세우고 현사賢士를 초청하였다 하여 '현사대賢士臺'라고도 한다. 진자앙은 자가 백옥伯玉, 재주梓州 사홍射洪(지금의 사천성 삼대三臺) 사람이다. 우습유右拾遺를 지냈으며, 성당대에 반제량反齊梁 풍격을 선도해준 시개혁론자이며 흥기설興寄說을 주장하였다.

산 정자 山亭

바람 불어 머리 긁으면서 높이 바라보며

저녁 무렵 푸른 솔 아래에 즐겁게 노니네

이제 차 그릇 들고 산에 뜬 달 벗하여

담소하는 백발노인은 가을 흥취 느끼네

臨風搔首高瞻望 림풍소수고첨망

日暮靑松樂遨遊 일모청송락오유

今擧茶壺邀嶺月 금거다호요령월

笑談白髮鏡中秋 소담백발경중추 　　　　　　　　　　　(2020.11)

* **臨風**림풍 : 바람을 맞다
* **搔首**소수 : 머리를 긁다
* **瞻望**첨망 : 쳐다보다
* **日暮**일모 : 날이 저묾. 날이 지는 무렵
* **遨遊**오유 : 즐겁게 놀다. 오이遨怡
* **茶壺**다호 : 차 병. 차 단지, 항아리
* **邀**요 : 맞이하다. 부르다. 초대하다
* **鏡中秋**경중추 : 맑고 고운 가을을 보며 느낀다. 가을 정취를 거울처럼 맑고 밝

게 느낀다. 거울 속의 가을

　아산 시골로 내려온 지 한 달, 푸른 잔디가 누렇게 변하면서 쌀쌀한 저녁달을 쳐다보며 구수한 둥굴레차 한 잔 마신다. 얼마나 시골에 머물러 있을지는 예측할 수 없으나 이런 생활에 적응하려고 힘쓸 것이다. 작은 편의점을 이용하려 해도 자동차로 10분 이상 가야 한다. 그래도 도시의 번잡스러움이 없고 가을 귀뚜라미 소리가 유난히 크게 들려온다. 송대 진사도陳師道(1053~1102)의 「쾌재정에 올라登快哉亭」(『후산선생집後山先生集』)를 떠올려본다.

　　성에는 맑은 강 굽어 돌고
　　샘물은 우뻣쭈뼷 돌 새로 흐르네
　　석양은 마침 땅에 감추이고
　　저녁 안개 벌써 산에 기대어 있네
　　날아가는 저 새 어디로 가려 하나
　　달리는 구름 절로 한가롭네
　　정자에 오른 흥취 다하지 않았는데
　　어린애 때문에 돌아가야 하네

　　城與淸江曲 성여청강곡
　　泉流亂石間 천류란석간
　　夕陽初隱地 석양초은지
　　暮靄已依山 모애이의산
　　度鳥欲何向 도조욕하향
　　奔雲亦自閑 분운역자한

登臨興不盡 등림흥부진
稚子故須還 치자고수환

   시 전반에는 자연의 풍경을 묘사하고 후반에서는 시인의 감정
을 이입하여 자연에 동화된 감흥을 표현하고 있다. "달리는 구름
절로 한가롭네"라고 한 제6구에는 현실 세계에서 초월한 탈속의
심기가 반영되어 있다.

   진사도의 자는 이상履常 또는 무기無己이고, 호는 후산거사後山居
士로 서주徐州 팽성彭城(지금의 강서성 서주徐州)인이다. 철종哲宗 원우元
祐(1086~1098) 초에 소식의 천거로 서주의 교수가 되었고, 태학박사
太學博士, 비서성정자秘書省正字를 지냈다. 저서『후산선생집後山先生
集』등이 있다. 진사도는 가정이 빈한하여 고음苦吟하여서 "문을
닫고 시구를 찾는 진무기(閉門覓句陳無己)"라고 칭하였고, 강서시파
의 대표작가로서 시풍은 맑은 기운이 빼어나고(淸氣峻拔), 예스러
우면서 생동하다(古崛生動). 시론은 소식과 황정견의 영향을 받아
서 "차라리 졸렬할지언정 기교 부리지 말고, 차라리 소박할지언
정 화려하지 말고, 차라리 조잡할지언정 쇠약하지 말며, 차라리
편벽될지언정 속되지 말라(寧拙毋巧, 寧朴毋華; 寧粗毋弱, 寧僻毋俗)"는
입장을 제창하고 두보를 배울 것을 주장하였다. 진사도 문장의 간
결함은 산문뿐 아니라 시에서도 나타나니, 주희朱熹는 "진사도 시
의 우아하고 건실함은 황정견보다 뛰어나지만, 황정견의 예리하
고 가볍게 날리는 모습이 없다(後山詩雅健勝山谷, 無山谷尖洒輕揚之
態)"(『주자어류朱子語類』권140)라고 평하였다.

중양절 重陽節

노란 국화, 빨간 꽃 울타리에 많은데
차 달이고 꽃술 따며 홀로 빈곤 즐긴다
오늘 밤 고향 그리는 마음 이길 수 없어
멀리 형제와 헤어져 서서 머뭇거린다

黃菊赤花多籬落 황국적화다리락
煎茶摘蕊自甘貧 전다적예자감빈
今夜不勝思首丘 금야불승사수구
遠離兄弟立逡巡 원리형제립준순   (2017. 10)

* **重陽節**중양절 : 음력 9월 9일. 중국 고대 풍속에서는 이날 산에 올라 산수유山
  茱萸를 따서 팔에 매고 국화주菊花酒를 마시면서 재액을 없앴다고 한다
* **籬落**리락 : 울. 울타리
* **煎茶**전다 : 차를 달이다. 차를 끓이다
* **摘蕊**적예 : 꽃술을 따다. 예蕊는 암꽃술과 수꽃술의 총칭으로 꽃이란 뜻 (예향
  蕊香 – 꽃의 향기)
* **甘貧**감빈 : 가난함을 즐기다. 가난을 달게 여기다. 가난한 속에서도 편안한 마
  음을 가짐 (안빈낙도安貧樂道 – 가난해도 편안한 마음으로 도를 즐기다)

- 首丘수구 : 근본을 잊지 아니함. 여우가 죽을 때에 제 살던 굴이 있는 언덕 쪽으로 머리를 두고 죽는다는 데서 나온 말. 고향을 생각함
- 逡巡준순 : 뒷걸음질 치다. 머뭇거리다

함경남도 원산에서 한국전쟁 직전에 월남하신 부모님은 슬하에 5남 1녀를 두시고 빈곤한 가정이지만, 자녀 교육에 엄격한 규율과 신앙을 기본 지침으로 삼으셨다. 부친 류동석柳東釋은 명석하면서도 의리가 강하셨고, 모친 이현옥李玄玉은 자애롭고 인내심이 강하셨다. 슬하의 세 형제는 일찍이 도미하여 미국 시민으로 정착하였고, 국내에는 나와 의사이면서 문인이며 교회 장로인 형준 박사, 수원에 사는 서예가 누이 희준이 있다. 미국의 형제 중에 공학설계사로 교회 장로로, 또한 시인으로 활동했던 창준은 안타깝게도 수년 전 병고로 소천하였고, 세준은 사업을 하고 있고, 막내 재준은 화가로 활동하고 있다. 중양절이 되면 어려서부터 부모님과 함께 산행도 하고 들놀이를 하면서 화락하게 형제애를 나누었다. 이제 그 형제들 흩어져 고인이 되거나 이국 생활하니 노년에 들어 어찌 슬프지 않겠는가.

당대 왕유의 「9월 9일 산동 형제 생각하며九月九日憶山東兄弟」(『왕우승집전주』 권3)는 단시이지만 항상 깊이 폐부에 사무치는 감회를 불러일으킨다.

홀로 타향에서 나그네 되어
늘 좋은 절기 되면 부모 형제 생각 더 나니

멀리서 형제들 높은 산 올라가는 거 알아
다들 산수유 가지 꽂는데 나 하나 빠져 있겠지

獨在異鄕爲異客 독재이향위이객
每逢佳節倍思親 매봉가절배사친
遙知兄弟登高處 요지형제등고처
徧揷茱萸少一人 편삽수유소일인

　왕유가 17세의 소년에 장안에서 망향과 부모에 대한 그리움을
그린 시이다. 시제의 '산동山東'이란 함곡관函谷關 이동 지방이니
지금의 산서山西성이다. 왕유의 고향이 산서 태원太原이니 중양절
을 맞아 어린 나이에 고향을 그리워하는 절실한 심정을 표현한
것이다. 시의 말구의 "다들 산수유 열매 가지 꽂는데 나 하나 빠
져 있겠지"는 중양절에 산에 올라서 산수유 열매를 머리에 꽂으
면 악귀를 물리친다는 중국 풍속에서 연유한다.

9월 9일 산성에 올라 九日登山城

높은 하늘 살찐 말 가을바람 거친데

남한산성에 많은 사람 모였네

홀로 서재 지키며 자못 느긋한데

백발에 가린 얼굴로 어진 이를 그리네

高天肥馬秋風激 고천비마추풍격
南漢山城會諸賓 남한산성회제빈
獨守書房頗寄傲 독수서방파기오
白髮掩面慕賢人 백발엄면모현인   (2012. 10)

* 九日구일 : 음력 9월 9일 중양절
* 山城산성 : 산에 쌓은 성. 여기선 남한산성南漢山城
* 高天肥馬고천비마 : 높은 하늘과 살찐 말. 좋은 가을 절기를 일컬음. 천고마비
  天高馬肥
* 諸賓제빈 : 여러 손님. 많은 사람. 여기서는 산성에 찾아온 많은 사람을 지칭
* 頗파 : 자못. 약간. 조금. 매우. 두루
* 寄傲기오 : 교만함을 지니다. 즐거이 놀다. 공상空想을 마음대로 하여 감정을
  품는 것. 마음이 느긋하여 편안한 것

- **掩面**엄면 : 얼굴을 가리다, 덮다
- **慕**모 : 그리워하다. 뒤를 따르다. 바라다
- **賢人**현인 : 어진 사람. 귀한 사람. 여기선 시인이 마음에 담고 있는 좋은 사람들을 비유

　　중국 지린대학 초빙교수로 한 학기 다녀와서, 갑자기 협심증 증세가 일어났다. 추석 직후였다. 심혈관에 스텐트 하나를 삽입하는 응급 시술을 받고 쉬는 기간에 남한산성에 바람 쐬러 갔었다. 만추의 초목들은 이미 잎이 노랗고 붉게 물들었고, 숲속에 독야청청獨也靑靑하는 건 노송들뿐이다. 노상에는 국화 화분이 군데군데 놓여 있어 다소곳이 노란 꽃이 만발하고, 수다한 관광버스에선 관광객이 오르내린다. 이것이 그날 남한산성 중양절의 경치이다.

　　음력 9월 9일 중양절에 섬서성의 남전藍田 산에 있는 최씨 별장에서 읊은 두보의 「9월 9일 남전의 최씨 별장九日藍田崔氏莊」(『두시상주』권6)을 본다.

　　늙어가며 가을이 서글퍼 애써 마음 열고
　　흥이 나니 오늘 그대와 즐기노라
　　부끄러이 머리 짧아 갓모자 날리니
　　빙긋 웃으며 옆 사람에게 갓 고쳐 달라 하네
　　남수는 멀리 냇물 모아 폭포처럼 떨어지고
　　옥산의 두 봉우리는 차기만 하네
　　내년 이 모임에 건강히 올 자 누구리

술에 취해 산수유 잡고 가만히 바라보네

老去悲秋强自寬　로거비추강자관
興來今日盡君歡　흥래금일진군환
羞將短髮還吹帽　수장단발환취모
笑倩旁人爲正冠　소천방인위정관
藍水遠從千澗落　람수원종천간락
玉山高幷兩峰寒　옥산고병량봉한
明年此會誰知健　명년차회수지건
醉把茱萸仔細看　취파수유자세간

　　두보는 중양절에 최흥종崔興宗(생졸년 불명)의 별장에서 회포를 토
로하였다. 시의 제3연에 대해서 송대 양만리는 『성재시화誠齋詩話』
에서 "시인이 이 경지에 이르면, 필력이 많이 쇠약한데, 지금도
웅걸하여 빼어나서 정신을 불러일으키니, 절로 필력이 산을 뽑을
만하지 않으면, 이 경지에 이르지 못한다(詩人至此, 筆力多衰, 今方且
雄傑挺拔, 喚起一篇精神, 自非筆力拔山, 不至於此)"라고 평하고, 제4연에
대해서는 "의미가 깊고 길어서, 아득히 그지없다(意味深長, 悠然無窮
矣)"라고 평하였다.

늦가을 밤 오금공원 晚秋夜梧琴公園

밝은 달에 붉은 가지 옥 이슬 머금고

가을바람 나뭇잎 스치니 문득 안개 사라져

가까이서 흰 서리 보니 곧 겨울이 머지않아

오늘 밤 좀 찬 기운이 얼굴에 스며

明月紅枝含玉露 명월홍지함옥로

秋風拂葉卽消煙 추풍불엽즉소연

近觀霜白冬毋遠 근관상백동무원

今夜微寒侵面前 금야미한침면전 (1997. 11)

* **梧琴公園**오금공원 : 서울시 송파구松坡區에 있는 공원
* **玉露**옥로 : 옥 이슬. 옥같이 곱고 맑은 이슬. 맑고 깨끗하게 방울진 이슬
* **拂葉**불엽 : 나뭇잎을 털다, 스치다. (불의拂衣−옷소매를 털다)
* **消煙**소연 : 안개를 쓸어내다. 안개가 사라지다, 걷히다. 여기서는 연煙이 안개
* **毋遠**무원 : 얼마 오래지 않음. 멀지 않다. 곧 오다
* **微寒**미한 : 약간 추운 추위

중년을 넘어서고 머리가 희끗해졌다. 학교에선 학장 직책도 맡아서 행정 경험이 부족한 처지에 교학상장敎學相長하는 기본 자세를 지키기에 곤비함을 느꼈던 시기다. 마침 송파구 오금동 집 길 건너편에 구립도서관과 체육관이 있고, 그 뒤편에 서울시에서도 유명한 넓고 자연 풍취가 넘치는 오금공원이 자리 잡고 있어, 매일 조석으로 산책을 가곤 하였다. 이 시는 늦가을 저녁에 공원에 산보 나와서 그 풍취를 토로하였지만, 그 내면에는 삶의 회고와 수심의 일단을 담아 "가까이서 흰 서리 보니 곧 겨울이 머지않아" 구에서 '상백霜白'에 노년으로 접어드는 심정을 비유하였다.

만당대晚唐代(836~906) 시인 피일휴皮日休(843~883)의 시는 역사적인 사실에서 회고와 반성, 경계를 제시하는 것이 특징이다. 자신에 대해서도 인생의 영욕을 시화詩化하였는데, 「가을밤 감회秋夜有懷」(『전당시』 권611)를 소개한다.

> 꿈에 근심 어린 몸 눈물지니
> 깨어도 저고리 아직 젖었어라
> 혈육의 정 내 마음 태우니
> 살기 다급해서가 아니로세
> 어찌해야 주인을 도울가나
> 공명을 세울 길 없구나
> 세상살이 너무 외롭고
> 가문에도 이을 만한 거 없어
> 내일 아침 나루터로 가려 해도

걸어서 나갈 문이 막혔어라
어찌하여 한 치 작은 가슴에
온갖 수심 스며드는지

夢裏憂身泣　몽리우신읍
覺來衣尚濕　각래의상습
骨肉煎我心　골육전아심
不得謀生急　부득모생급
如何欲佐主　여하욕좌주
功名未成立　공명미성립
處世既孤特　처세기고특
傳家無承襲　전가무승습
明朝走梁楚　명조주량초
步步出門澁　보보출문삽
如何一寸心　여하일촌심
千愁萬愁入　천수만수입

　시에 자신의 불우와 충성, 그리고 공명을 이루지 못한 수심 등
이 토로되어 있다. 이런 절실한 심회를 진솔하게 표현하고 있지
만, 유미적인 만당시의 기세 미약과 격조 비하라는 단점이 남아
있다.

김 박사에게 부친다 寄金博士

깊은 수심에 달을 대하고 냇가에 앉으니

쇠약한 몸은 늘 약 먹느라 바쁘고

듣건대 그대가 남양골에 산다는데

서리 낀 이 밤 자나 깨나 책 속에 묻혀 있겠지

深愁對月川邊坐 심수대월천변좌

弱體恒時服藥忙 약체항시복약망

聞道君居南揚谷 문도군거남양곡

霜宵寤寐抱書房 상소오매포서방   (2019. 11)

* **聞道**문도 : 도道를 듣다. 들으니. 들은 바에 의하면
* **南揚谷**남양곡 : 남양 골짜기. 경기도 남양주南揚州를 일컬음
* **霜宵**상소 : 서리 내린 가을밤
* **寤寐**오매 : 깨고 자다. 자나 깨나. (오매불망寤寐不忘-자나 깨나 잊지 못하다)
* **抱書房**포서방 : 서재를 껴안듯 늘 공부하다. 책 속에 살다

죽마고우竹馬故友 김홍우金弘宇 박사를 생각한다. 공군 장교로서 공군사관학교에서 그는 정치학 교관, 나는 중국어 교관으로 청년기를 같이 동고동락하였고, 제대 후에는 각자 미국과 타이완으로 유학하여 학문 연구의 길을 걸었다. 귀국 후에 그는 모교인 서울대학교 정치학과에서, 나는 한국외국어대학교 중국어과에서 각각 강단 생활을 영위하며 지냈다. 비록 전공 분야는 달라도 그의 온화하고 침착한 성품과 학문에 대한 부단한 연찬을 깊이 흠모하며 살아왔다. 그리하여 그는 대한민국학술원 회원의 자리에 올라 만인의 존경을 받고 있다. 나의 정년퇴임식에서 축사까지 해주었으며 교분을 이어오고 있다.

이제 서로 현실로부터 초탈한 삶을 영위하는 처지에, 당대 유종원柳宗元(773~819)의 「늙은 어부漁翁」(『유하동집柳河東集』 권20)에서 낚시하는 한가로운 정취를 함께 느껴보고 싶다.

> 늙은 어부 밤에 서쪽 바위 곁에 머물러
> 새벽녘 맑은 상수 물 떠서 초 땅 대나무 불 피우네
> 안개 걷혀 해 돋으니 아무도 안 보이는데
> 철썩 노 젓는 소리에 산수가 푸르구나
> 저 하늘 바라보니 배는 강에 떠가는데
> 바위 위에는 무심한 구름이 쫓고 있구나

> 漁翁夜傍西岩宿 어옹야방서암숙
> 曉汲淸湘燃楚竹 효급청상연초죽
> 烟銷日出不見人 연소일출불견인

欸乃一聲山水綠 애내일성산수록
回看天際下中流 회간천제하중류
巖上無心雲相逐 암상무심운상축

　직설적인[賦] 묘사를 하는 중에 은유적인 뜻[興]을 지니고 있다.
유종원은 자가 자후子厚이며, 하동인河東人으로 세칭 '유하동柳河東'
이라 하며, 유주자사柳州刺史를 지냈으므로 '유유주柳柳州'라고도
불린다. 중당대 문인으로 한유韓愈와 고문운동을 선도하여 '한유韓
柳'라 부른다. 산수시가 많고 은일낭만적인 풍격을 지니고 있으며,
송대 소식은 도잠陶潛(도연명) 이후에 담백한 시로 유명하다고 평하
였다.
　위 시는 시인이 영주사마永州司馬로 좌천되어서 지은 시로 어부
의 한가로운 생활을 묘사하였다. 시인의 마음에 맺힌 좌절감과 우
울한 심회를 은근히 토로하고 있다. 고악부체古樂府體의 시이지만
율시처럼 일운도저一韻到底(하나의 운韻으로 압운押韻하는 것)하여 '숙宿,
죽竹, 축逐'은 입성入聲 옥운屋韻이며, '록綠'은 입성 옥운沃韻에 속
하니 '옥屋'과 '옥沃'은 고시에서 운이 통한다. 이 시에 대해서 청
대 왕문록王文祿은 "기풍이 맑으면서 뛰어나다(氣淸而飄逸)"(『시적詩
的』)라고 평하였다. 제4구의 '애내欸乃'는 노 젓는 소리의 의성어이
지만 당대에 유행하던 어부가漁父歌인 「애내곡欸乃曲」을 가리킨다.

올림픽공원에서 遊奧林匹克公園

날씨 맑아 새털구름 누대를 떠가고

부부가 산보하니 마음이 탁 트인다

가을 늦게 산수유가 옥같이 붉어

한가한 때의 흥취에 다시 기분이 난다

天晴微雲過樓臺 천청미운과루대

夫婦逍遙氣闊開 부부소요기활개

秋晚茱萸紅如玉 추만수유홍여옥

閒中醉又感興來 한중취우감흥래   (2017. 10)

- 奧林匹克公園오림필극공원 : 서울시 송파구에 있는 공원
- 天晴천청 : 날씨가 개다. 기후가 맑다. 날씨가 개어 밝다
- 微雲미운 : 여린 구름. 새털구름
- 逍遙소요 : 이리저리 거닐다. 바람을 쐬다
- 闊開활개 : 널리 열다. 활짝 열다
- 茱萸수유 : 수유나무. 운향과芸香科에 속하는 낙엽 교목. 열매의 기름을 짜서 머릿기름으로 쓰며, 음력 9월 9일 중양절에 높은 산에 올라가서 이 열매를 머리에 꽂으면 사악한 기운을 물리친다 함
- 閒中醉한중취 : 조용한 때의 흥취. 한가로운 가운데 느끼는 흥취

아내가 뇌경색 후유증으로 오른쪽 수족이 불편하여 약 1년간 재활치료를 받았다. 다소 회복되었을 즈음, 가을이 깊어가는 어느 화창한 날 오후, 부부는 오랜만에 송파구 올림픽공원을 찾았다. 공원 내를 천천히 걷다가 벤치에 앉기도 하면서 즐거운 산책 시간을 보냈다. 공원 한 모퉁이에는 산수유 열매가 빨갛게 익어서 몇 가닥 따서 입에 물어보기도 하였다. 5년이 지난 지금(2022)도 완전 회복이 안 되고 있어서 노년의 아내 건강 회복을 기원하는 마음 간절하다. 당대 이상은의 「밤비에 북쪽에 부친다夜雨寄北」(『당시삼백수』)는 타향에서 아내를 생각하는 심회를 순박하게 노래한다.

그대가 돌아올 날 묻지만 아직 기약 없어
파산의 밤비에 가을 연못 넘치네
언제 같이 서쪽 창가 촛불 심지 뜨며
파산의 밤비 오던 때를 이야기할거나

君問歸期未有期 군문귀기미유기
巴山夜雨漲秋池 파산야우창추지
何當共剪西窓燭 하당공전서창촉
卻話巴山夜雨時 각화파산야우시

파산巴山은 사천四川 지방의 산을 총칭한다. 밤비 내리는 정경을 보고 집 생각이 나서 그 부인에게 주는 내용이다. 부인은 하내河內(하남河南 북부)에 거주하고 시인은 사천에 머물렀으니 시제에서 '기북寄北'이라 한 것이다.

늦가을 감회 晚秋有感

나이 드니 병도 많고 일조차 바쁜데

해 저물고 날 차니 마음 더욱 아프다

몇 가닥 익은 감 아직 붉은빛

아침 해가 언뜻 석양이 되네

老了多病諸事忙 로료다병제사망
黃昏寒冷意更傷 황혼한랭의갱상
幾支熟柿猶紅色 기지숙시유홍색
晨旦一瞥成夕陽 신단일별성석양 　　　　　　　　　(2018. 11)

* 老了로료 : 늙었다
* 熟柿숙시 : 익은 감
* 晨旦신단 : 새벽 아침. 아침
* 一瞥일별 : 언뜻 보는 사이. 눈 깜짝할 사이
* 夕陽석양 : 저녁나절의 해. 산의 서쪽. 노년老年의 비유

가을이 깊어가면서 날씨가 쌀쌀하다. 옛날 온돌방의 따뜻한 아랫목이 그리워진다. 늙어가는 신체적 반응이리라. 송대 구양수歐陽修(1007~1072)가 만년인 치평治平 2년(1065)에 지은 「가을 생각秋懷」(『구양문충공집歐陽文忠公集』 권7)을 다음에 소개한다.

> 계절 풍물 어찌 안 좋으련만
> 가을의 감회는 왜 이리 답답한가
> 서풍에 주막 깃발 나부끼는 저자
> 가랑비에 국화는 피어 있네
> 세상일로 슬퍼서 희끗해진 두 귀밑털
> 부끄럽게도 나라 봉록 많이 축내었지
> 작은 수레 내 스스로 몰고서
> 영수 동쪽 밭으로 돌아가리

> 節物豈不好 절물기불호
> 秋懷何黯然 추회하암연
> 西風酒旗市 서풍주기시
> 細雨菊花天 세우국화천
> 感事悲雙鬢 감사비쌍빈
> 包羞食萬錢 포수식만전
> 鹿車終自駕 록거종자가
> 歸去穎東田 귀거영동전

시인은 만년에 관직에서 물러나 전원으로 돌아가고자 하는 심회를 읊고 있나. 청대 방농수方東樹는 『소매첨언昭昧詹言』(권23)에서 구양수 시를 다음과 같이 평하였다.

구양수의 시는 그윽하고 곡절이 있어서 되풀이하여 읊조리며 노래
하면 배회하다가 넋을 잃게 한다. 한 번 노래하면 세 번 감탄해도 여
운이 남아 있으니, 마치 올리브 열매를 먹고 때때로 맛이 남는 것과
같다. 歐公情韻幽折, 往反詠唱, 令人低徊欲絶. 一唱三歎而有遺音, 如啖橄欖, 時
有餘味.

구양수의 자는 영숙永叔이며, 호는 취옹醉翁으로 만년의 호는 육
일거사六一居士이다. 고주古州 영풍永豊(지금의 강서성에 속함)인이다.
인종仁宗 천성天聖 8년(1030)에 진사가 되었고, 여러 벼슬에 있는 동
안 직간을 하다가 두 번이나 폄적貶謫당하였다. 만년에는 한림학
사翰林學士, 추밀부사樞密副使, 참지정사參知政事를 지냈으며 시호는
문충文忠이다. 그는 박학다재하여 고문운동의 당송팔대가로서 사
학가, 경학가, 박물학자, 문학가이다.

초겨울 감회 初冬有感

세월 따라 노쇠하여 홀로 돌아가

궁벽한 곳 쓸쓸하고 소식 뜸해

멀리서 형제 그리워 잊지 못하는데

한가로이 차 탁자에 가까이하니 저녁 해 빛나네

流年衰老獨來歸 류년쇠로독래귀

僻處蕭條音信稀 벽처소조음신희

遠憶弟兄相不忘 원억제형상불망

閑近茶托夕陽暉 한근다탁석양휘   (2013. 12)

- 流年류년 : 흐르는 세월
- 僻處벽처 : 궁벽한 곳. 후미진 곳. 벽지僻地
- 蕭條소조 : 쓸쓸한 모양. 한적한 모양
- 音信음신 : 멀리서 전해오는 편지, 소식
- 茶托다탁 : 다기茶器를 올려놓는 조그마한 탁자
- 暉휘 : 빛. 광채. 빛나다

은퇴 후에 대학원 출강도 만 70세로 종료하고 몸도 암 수술 후
에 신경 써서 보중해야 하니, 자연스레 활동 의지와 영역이 줄어
든다. 동네 산책이나 간간이 독서하는 시간이 많아진다. 그런 중
에 지난날을 회고하고 형제와 친구, 그리고 제자들과의 정분을 그
리워하게 된다.

만당 시인 정곡鄭谷(848~909)의 「눈 속에서雪中偶題」(『전당시』 권675)를
떠올려본다.

절간에 흩날리는 차 연기 축축하고
노래방에 짙게 풍기는 술 내음 아련하다
해 저무는 강가 그림 같으니
어부는 도롱이 쓰고 돌아간다

亂飄僧舍茶烟濕 란표승사다연습
密洒歌樓酒力微 밀쇄가루주력미
江上晚來堪畫處 강상만래감화처
漁人披得一簑歸 어인피득일사귀

초탈적인 심정과 현실의 삶이 기묘하게 혼합하여 시인의 인간
으로서의 양면적 갈등이 묘사되어 있다. 원대 신문방辛文房은 『당
재자전唐才子傳』(권9)에서 "정곡 시는 맑고 곱고 밝으며 속되지 않
고 절실하다(谷詩淸婉明白, 不俚而切)"라고 평하였다.

정원에 내린 눈 庭園雪

어젯밤 찬 눈꽃이 하얗게 흩날리더니

울타리 옆 반송나무 옥관을 썼네

할미 불러 눈과 함께 사진 찍으니

훗날 마음속에 좋은 볼거리 되리

昨夜寒花白散漫 자야한화백산만
籬邊盤松戴瓊冠 리변반송대경관
呼婆伴雪同照像 호파반설동조상
後日胸中好可觀 후일흉중호가관 　　　　　　　　(2022. 1)

* **寒花**한화 : 늦가을이나 겨울에 피는 꽃. 나뭇가지에 쌓인 눈을 꽃이 비유하여 이르는 말
* **散漫**산만 : 흩어지다. 산만하다
* **籬邊**리변 : 울타리 옆
* **盤松**반송 : 키가 작으나 가지가 옆으로 퍼진 소나무. 또는 분盆에 심어 인공으로 가꾼 소나무
* **瓊冠**경관 : 옥으로 만든 모자
* **呼婆**호파 : 노파를 부르다. 파婆는 나이 든 아내를 말함
* **照像**조상 : 사진을 찍다. 촬영하다

• 好可觀호가관 : 매우 볼 만하다. 호好는 잘, 아주, 좋은

　시골집 뜰은 사방이 잔디로 덮였고 뒤뜰에는 작은 텃밭이 있다. 앞뜰에는 두 그루 반송盤松을 심었고, 장미와 작약, 모란과 국화, 연산홍과 황금철쭉도 심었다. 과실수로는 대추나무, 감나무, 개복숭아나무를 적절하게 이식하였다. 겨울 눈이 하얗게 내리니 아내와 사진도 찍고 뜰 안을 여러 바퀴 돌기도 하였다.

　당대 이교李嶠(644~713)의 시 「눈雪」(『전당시』 권58)을 떠올려본다.

　　고운 눈이 놀랍게 멀리까지 내리어
　　구름도 온 하늘을 어둡게 덮어
　　땅은 밝은 달밤인 듯
　　산은 흰 구름 낀 아침인 듯
　　춤추듯 꽃 빛이 움직이고
　　노래 맞춰 부채 그림자 나부끼네
　　하늘 궁궐 길 두루 다니다가
　　오늘 바다 신이 계신 데서 아침 맞으리

　　瑞雪驚千里　서설경천리
　　同雲暗九霄　동운암구소
　　地疑明月夜　지의명월야
　　山似白雲朝　산사백운조
　　逐舞花光動　축무화광동
　　臨歌扇影飄　림가선영표

大周天闕路 재주천궐로
今日海神朝 금일해신조

    제2연은 눈 내린 땅을 밝은 달밤(명월야明月夜)에 비유하고, 산을 흰 구름 깔린 아침(백운조白雲朝)에 견주었다. 제3연에서는 내리는 눈의 모습을 춤추는 꽃의 자태(화광花光), 노래하는 부채 그림자(선영扇影)로 묘사하고 있다. 고아高雅의 극치가 아닐 수 없으며, 의취의 절속미絶俗味는 독자를 흥분케 한다.

최 학장에게 보내며 寄崔學長

고요한 마음으로

깊은 생각 속에 푸른 하늘 쳐다보니

오늘 밤 넓은 하늘에 상서로운 별 드리워

그대와 우정 맺은 지 오십 년

기도하네 몸 성히 학 같은 자태 보이길

靜神凝意望靑冥 정신응의망청명
今夜長天降瑞星 금야장천강서성
結義桃園牛百歲 결의도원반백세
祈無恙見鶴儀形 기무양견학의형   (2015. 9)

- **靜神**정신 : 조용한 마음, 정신. 깨끗한 정신
- **凝意**응의 : 정신을 집중하다. 전심專心하다
- **靑冥**청명 : 푸른 하늘
- **瑞星**서성 : 상서로운 별. 좋은 행운의 별. 좋은 징조徵兆의 별
- **結義桃園**결의도원 : 도원결의桃園結義. 복숭아밭에서 형제의 의리를 맺다. 나관
  중羅貫中의 『삼국지연의三國志演義』에서 유비劉備, 관우關羽, 장비張飛가 도원에
  서 의형제를 맺은 데서 비롯된 말로, 뜻이 맞는 사람끼리 하나의 목적을 이

루기 위해 행동을 같이할 것을 약속한다는 뜻
- **無恙**무양 : 병 없음. 건강함. 무병無病
- **鶴儀形**학의형 : 학의 자태. 학같이 오래도록 고매한 모습. (의형儀形−의용儀容. 몸을 가지는 태도)

　의롭고 예의 바른 벗 최종문崔宗文, 그 소중한 이름을 '존경'한다. 그는 만사에 귀찮은 일을 도맡아 하고, 모든 모임의 연락책을 자원한다. 그가 없으면 무슨 일이든 추진하기 힘들다. 나이가 들어가니 더욱 그의 존재가 절실하다. 그는 항상 겸손하여 사양지심辭讓之心을 보여주는 독실한 기독교 장로다. 이것이 그를 존경하는 이유다. 또한 고전음악에 조예가 깊어 여러 관련 저서를 출간하였고, 음식문화에 대한 해박한 지식을 지니고 있다. 이것이 그를 존경하는 또 하나의 이유다. 그가 대학교 학장을 역임하였기에 '최학장崔學長'이라 부른다. 나에 대한 그의 깊은 우정을 늘 감사한다.
　당대 위응물韋應物(736~?)의「전초산의 도사에 부쳐寄全椒山中道士」(『전당시』 권187)를 떠올려본다.

　　오늘 아침 관청이 차가우니
　　문득 산속 나그네 생각나네
　　시냇가에 땔나무 묶어
　　돌아와 흰 돌을 삶네
　　술 한 표주박 들고
　　비바람 치는 저녁 멀리서 위로하네

낙엽이 빈산에 가득한데
어디서 그대 자취 찾을 건가

今朝郡齋冷　금조군재랭
忽念山中客　홀념산중객
澗底束荊薪　간저속형신
歸來煮白石　귀래자백석
欲持一瓢酒　욕지일표주
遠慰風雨夕　원위풍우석
落葉滿空山　락엽만공산
何處尋行跡　하처심행적

　위응물이 저주자사滁州刺史로 있을 때 도사에게 부친 시이다. 앞
4구는 풍우 속의 추운 밤에 시인이 도사를 생각하는 것을 묘사하
고, 뒤 4구는 시인이 술잔 들어 먼 곳에 있는 사람을 만나지 못하
는 정감을 담고 있다. 제4구는 깨, 꿀, 샘물, 백석영 등을 솥에 넣
고 삶아 먹는 도교의 복식법服食法에 대한 내용이다. 송대 갈립방
葛立方은 『운어양추韻語陽秋』에서 위응물의 오언시를 평하였다.

　위응물 시는 매우 평이하다. 5언 시구에서는 초연히 밭두둑 길 밖
에 벗어나 있다.(평범하지 않다) 그러므로 백거이는 말하기를, “위응
물 오언시는 고아하고 한담하여 절로 일가를 이루고 있다.”라 하였다.
韋應物詩, 平平處甚多. 至于五字句, 則超然出畦徑之外. 故白樂天云: 韋蘇州五言
詩, 高雅閑淡, 自成一家之體.

퇴임 후 십 년 退任後十年有感

홀로 누추한 방에 지내니 사방에 이웃 없고

병 들어 수심에 차서 몸이 편치 않아

십 년간 떠돌아 나그네라 부를지니

잠시 강가에 서니 마음 더욱 슬퍼져

獨居陋室四無隣 독거누실사무린

多病爲愁不便身 다병위수불편신

十載飄旋稱客旅 십재표선칭객려

一時臨水甚傷神 일시림수심상신   (2018. 10)

* 十載십재 : 10년. 재는 싣다, 기록하다, 오르다, 가득하다 등의 뜻인데, 여기서 는 해
* 飄旋표선 : 방랑하며 빙빙 돎. 표박漂泊
* 稱칭 : 일컫다. 부르다. 말하다
* 客旅객려 : 여행. 여행하는 사람
* 臨水림수 : 물가로 나가다. 강가로 가까이 가다
* 傷神상신 : 마음 상히디. 미음이 슬프다

학교에서 정년 퇴임한 지(2008. 8), 어언 십여 년이 유수처럼 흘러갔다. 그동안 무엇을 하며 어떻게 지냈는지 돌아보면 그야말로 '객려客旅'라 부를 수밖에 없다. 덧없이 지난 세월이다. 퇴임한 이듬해 갑자기 전립선암 수술을 받았고, 그다음 해부터 두 해(2010, 2011)는 중국 지린대학 초빙교수로 다녀왔으며, 다시 심근경색으로 시술을 받는 연속적인 병치레를 한 것이다. 그러면서도 독서와 저술은 쉬지 않아서 몇 권의 책을 출간하였다. 『청시화淸詩話와 조선시화朝鮮詩話의 당시론唐詩論』(2008), 『신라新羅와 발해渤海 한시漢詩의 당시론적 고찰』(2009), 『회록당시화懷麓堂詩話』(2012), 이어서 최근에는 『중국시가와 기독교적 이해』(2019)와 『중국당송시화해제中國唐宋詩話解題』 1, 2권(2021)을 펴내었다.

노년의 시력을 과용하였는지, 지난여름에는 실망스럽게도 오른쪽 눈에 '황반변이'라는 희귀병을 얻게 되어 시야가 희미해졌다. 노년의 세월과 질병의 연발이 병행된 것이다. 이것이 나름의 은퇴 후의 삶이요, 쇠락하는 과정임을 스스로 긍정하면서 붓을 들고 있다. 당대 말엽과 오대五代 시대 서인徐夤(생졸년 불명)이 지은 시「물러나 살며退居」(『전당시』권708)를 통해서 나름의 심정을 대신한다.

학 성품에 솔 맘으로 산에 지내
오후문 집에 오를 일이 겁나네
삼 년 병들어 누워도 그만두지 못하다가
하루 만에 은혜 입어 돌아왔네
밝은 달은 이 몸 보내려 역길 따라가고

흰 구름은 말 따라서 자관에 드네
저 범여의 심한 탐심을 비웃나니
재물 다 버리고 이제 물러나 한가롭네

鶴性松心合在山 학성송심합재산
五侯門館怯趨攀 오후문관겁추반
三年臥病不能免 삼년와병불능면
一日受恩方得還 일일수은방득환
明月送人沿驛路 명월송인연역로
白雲隨馬入紫關 백운수마입자관
笑他范蠡貪悋甚 소타범여탐림심
相罷金多始退閒 상파금다시퇴한

시인의 자연으로 돌아가려는 은둔적 의식을 묘사하고 있다. 산
중 은거의 심성은 '학성鶴性'과 '송심松心'이며, 한편 '범여范蠡' 같
은 탐심貪心을 비웃는 탈속적 자세를 직설적으로 표현하고 있다.
범여는 춘추春秋시대 초나라 사람으로 월왕越王 구천句踐을 도와서
오吳나라를 멸망시키어 회계會稽의 치욕을 씻어주었다. 그 후 벼
슬을 버리고 도陶에 숨어 살면서 큰 부호가 되니 도주공陶朱公이
라 불렀다. 서인의 자는 소몽昭夢이고, 보전莆田인이다. 당대 소종
昭宗 건녕乾寧(894~898) 연간에 진사 급제하여 비서성정자秘書省正字
를 지내고 당이 망한 후, 후량後梁 왕심지王審知 밑에 있다가, 연수
계延壽溪에 은거하였다. 그의 시는 사물에 대한 애상한 작품이 많
으나 시풍이 완곡하면서 섬세하여 만당 오대의 조류를 보인다.

높은 누각에 올라 登危樓

산골 가파른 곳에 작은 누대 하나
조용히 은거하며 이 몸 잘 닦는다네
나는 곧 세상 물정 모르고 사는 나그네러니
이제 발길 따라서 숲 진 언덕에 기대리

山間地僻小一樓 산간지벽소일루
寂寞幽居身好修 적막유거신호수
我卽人間肥遯客 아즉인간비둔객
今將蹤跡寄林丘 금장종적기림구 　　　　　　　　(2020. 11)

- **危樓**위루 : 높은 누각. 높이 서 있는 누각. 고루高樓
- **山間**산간 : 산골
- **寂寞**적막 : 쓸쓸하고 고요함
- **幽居**유거 : 속세를 떠나 그윽하고 외딴곳에 묻혀 살다
- **好修**호수 : 잘 수양하다. 수신을 잘 하다. 잘 간수하다
- **人間**인간 : 사람. 세상. 속세
- **肥遯**비둔 : 마음이 너그럽고 욕심이 없어 세상을 피하여 숨음
- **蹤跡**종적 : 발자취. 고인의 행적. 행방. 뒤를 쫓음

돌연 아산 전원으로 이주한 직후에 썼다. 은둔하려는 굳은 마음을 단적으로 묘사하였다. 그러나 본래 세속에 물든 심신이 은거의 궤도를 벗어나곤 한다. 노후의 생활에 변화가 일어나니 질병도 늘고 교통은 더 불편하다. 그래도 차차 적응해나갈 결심이다.

당대 구양첨歐陽詹(757~802)은「산속 늙은 스님山中老僧」(『전당시』권 349) 시에서 은둔 생활의 진미를 담백하게 표현하고 있어서 깊이 동감된다.

> 누구에게 옛날 일 웃으며 얘기할까나
> 새끼 의자며 죽장으로 몸을 부추긴다
> 가을 깊어 머리 차서 깎지 못하니
> 희끗한 머리털 더부룩 눈썹까지 덮었다
>
> 笑向何人談古時 소향하인담고시
> 繩床竹杖自扶持 승상죽장자부지
> 秋深頭冷不能剃 추심두냉불능체
> 白黑蒼然髮到眉 백흑창연발도미

구양첨은 자가 행주行周, 천주泉州 진강晉江(지금의 복건성 진강)인이다. 그의 시풍은 청아하며 성정 묘사가 뛰어나다.

함께 즐기다 同樂

병 들어 힘들게 별 내린 터에 올라가

눈 비비고 환하게 멋진 님들 만나

여럿이 술 마시며 함께 읊고 노래하고

흰머리 날리며 기뻐서 술잔 주고받고

有病倦登星落垈 유병권등성락대

開眉拭目見縉紳 개미식목견진신

數人擧酒共歌詠 수인거주공가영

黃髮歡呼獻酬頻 황발환호헌수빈 　　　　　　　　　　(2017. 4)

* **星落垈**성락대 : 별이 떨어진 집터. 고려 명신 강감찬姜邯贊(948~1031) 장군이 태어난 낙성대落星垈를 말함. 서울시 관악구에 위치
* **開眉**개미 : 눈썹을 펴다. 근심을 풀다
* **拭目**식목 : 눈을 닦다. 눈을 씻고 자세히 보다. 밝은 표정
* **縉紳**진신 : 예복을 입을 때, 홀을 큰 띠에 꽂는 일. 그런 복장을 할 수 있는 신분의 사람. 벼슬아치. 지위가 높은 관리. 신사紳士
* **擧酒**거주 : 술을 듦. 술을 마심
* **黃髮**황발 : 누레진 노인의 머리털. 노인을 이름
* **獻酬**헌수 : 술잔을 주고받다

서울시 관악구에 위치한 낙성대落星垈에는 호암회관이 있다. 식사와 회의를 동시에 할 수 있는 운치 있는 장소이다. 그곳에서 매월 또는 격월로 모임을 가졌는데 일명 '호암포럼'이다. 뜻을 같이하는 각계 인사들이 모여서 포럼 형식으로 나름의 의견을 나누는 즐거운 모임이다. 직업도 다양하여 교수 문인 의사 대사 사업가 등 약 10여 명이 항상 참석한다. 각기 다른 분야에 종사하는 관계로 어느 하나의 주제를 놓고 의견이 분분하니, 그 분위기란 진정 상상하고도 남을 것이다.

발해 시인 고근高瑾(생졸년 불명)의 「정월 보름밤 연회上元夜宴」(『전당시』 권72)를 떠올려본다.

정월 보름날 밤에
아는 이 한두 사람
말 재갈을 잡고 골목 나서
수레 달려 연못가로 내려간다
등불은 마치 달 같고
얼굴은 또 봄 같네
노닐기를 그치지 않으며
서로 기쁘게 해 뜨길 기다린다

初年三五夜 초년삼오야
相知一兩人 상지일량인
連鑣出巷口 련표출항구
飛轂下池漘 비곡하지순

燈光恰似月 등광흡사월
人面併如春 인면병여춘
遨遊終未已 오유종미이
相歡待日輪 상환대일륜

　밤새도록 달빛 아래 벗들과 봄을 느끼면서 노닐고, 날이 밝을
때까지 동지들과 정분과 의기를 나누는 가운데, 삶의 애환을 교환
하고 한 해의 형통을 기원하는 심정을 노래하고 있다.

호암회관 시 모임 湖巖吟詩會

은퇴하여 한가이 지내다 다시 모여

사람마다 옛사람 시 낭송한다

백발의 스승과 제자들 다 기뻐 즐기니

이 세상 별천지가 바로 여기로다

隱退閒居再會時 은퇴한거재회시

各人朗誦古人詩 각인랑송고인시

白髮師弟同歡樂 백발사제동환락

塵界桃源卽在斯 진계도원즉재사   (2018. 7)

- **湖巖**호암 : 서울대학교 호암회관
- **吟詩會**음시회 : 시를 읽고 읊는 모임
- **塵界**진계 : 티끌이 있는 세상. 이 세상. 진세塵世. 속세俗世
- **桃源**도원 : 선경仙境. 별천지別天地. 무릉도원武陵桃源

매년 분기별로 낙성대 호암회관에서 열리는 모임이 있다. 아마도 국내에서는 가장 독특하고 가치 있는 모임일 것이다. 정식 명칭은 없지만, 서울대학교 중문과 출신으로 각 대학에서 정년퇴임한 명예교수들 모임이기 때문이다. 이 모임에는 스승이신 서울대 김학주 선생님, 이병한 선생님, 연세대 이석호 선생님을 비롯해서, 늘 10여 명의 교수들이 참여하고 있다. 모임의 연락과 운영은 이화여대 이종진 명예교수가 수고하고 있다. 각자 준비해온 시들을 발표하고 좋은 의견을 나누며 오찬을 겸하는 화기애애한 자리다.

어느 날 순서에 따라 당대 시인 전기錢起(720~780 전후)의 「성시 '상수 신령이 가야금 탄다'省試湘靈鼓瑟」(『전당시』 권238)를 소개하였다.

운화 가야금 잘 타면
늘 상부인 생각이 떠오르네
풍이가 공허히 절로 춤추니
초 땅의 이 나그네 차마 듣지 못하겠네
애타는 곡조 악기에서 처량히 울려 나와
그 맑은 소리 아득히 먼 곳에 스며드네
창오에는 원한의 그리움이 일고
구릿대 향초에는 짙은 향기 우러나네
흐르는 물 따라 소수 가에 전해지고
슬픈 바람 따라 동정호를 거쳐 가네
곡조 끝나니 아무도 보이지 않는데
강가에는 두세 산봉우리가 푸르구나

善鼓雲和瑟　선고운화슬
常聞帝子靈　상문제자령
馮夷空自舞　풍이공자무
楚客不堪聽　초객불감청
苦調淒金石　고조처금석
淸音入杳冥　청음입묘명
蒼梧來怨慕　창오래원모
白芷動芳馨　백지동방형
流水傳瀟浦　류수전소포
悲風過洞庭　비풍과동정
曲終人不見　곡종인불견
江上數峰靑　강상수봉청

　‘풍이馮夷’는 황하黃河의 수신水神인 하백河伯이며 ‘창오蒼梧’는
호남성 영원寧遠현에 있는 산으로 순舜임금이 죽은 곳이다. ‘소포
瀟浦’는 소수瀟水로서 호남성 영원현에서 발원하여 상수湘水로 흘
러가는 강이다. 미려하면서 기교가 넘치는 시어를 구사하고 있지
만, 그 이면에는 유원하면서도 애모 어린 한이 맺혀 있어서, 읍소
하는 듯한 음조와 맑으면서도 처연한 시흥이 다양한 상상력을 불
러일으킨다. 지방에서 실시하는 과거시험에 응시하면서 심리적으
로 운명적인 상황이 아니면 급제하기 어렵다는 의미를 제시하는
드문 성시시省試詩의 하나이다. ‘성시省試’는 당대唐代에 지방 성省
에서 실시하여 인재를 등용하는 일종의 향시鄕試이다.

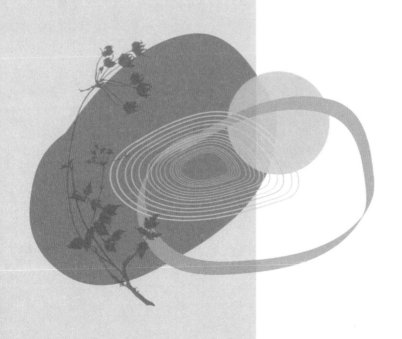

제3부

산길 가며

山行

초봄 비 早春雨

구름 그림자 높은 하늘을 덮어
끝없이 엷어졌다 짙어졌다
열흘이나 이어져 내리는 비에
3월인데도 마치 추운 겨울 같네
집안이 온통 춥게 느껴지니
발과 휘장 다시 겹겹이 드리워
누가 봄이 벌써 온 줄 알리
보슬비에 어린 매화꽃이 붉어라

雲影蔽高空 운영폐고공
無垠淡復濃 무은담부농
一旬連下雨 일순련하우
三月似寒冬 삼월사한동
堂室一來冷 당실일래랭
簾幃再垂重 렴위재수중
孰知春已至 숙지춘이지
微雨小梅紅 미우소매홍

(1986. 3)

- 雲影운영 : 구름의 그림자. 운예雲翳
- 蔽폐 : 덮다. 싸다. 숨기다
- 無垠무은 : 끝없음. '은垠'은 끝, 땅끝, 벼랑, 땅 가장자리
- 淡復濃담부농 : 엷어지고 다시 짙어지다
- 簾幃렴위 : 발과 휘장
- 垂重수중 : 겹쳐서 치네, 내리네
- 孰숙 : 누구. 어느. 무엇
- 微雨미우 : 이슬비. 보슬비. 가랑비

서울시 동작구 상도동에는 국사봉이 솟아 있고, 그 산 너머가 봉천동이다. 집 마당에는 매화와 진달래, 대추나무와 등나무가 있고 잔디밭이 있었다. 주변에 조선조 세종대왕의 형인 양녕대군 사당이 있어서 마치 서울 안의 전원풍경이다. 그 당시 가정적으로는 아내와의 사이에 세 남매(신, 인, 지혜)를 두어 신앙적으로 화목하고 교육적으로는 비교적 엄격하게 자녀를 양육하였다. 경제적으로 빈곤을 아직 면치 못하여 초봄인데도 집안에 한기를 느끼곤 하였다. 지금(2022. 1) 부부는 일흔이 넘었고, 자녀들은 결혼하여 다섯 손자녀를 두었다. 송대 진여의의 「비雨」(『간재시집簡齋詩集』 권3) 시를 떠올려본다.

강가 모래톱에 봄비 살랑대니
띠 풀 처마 낡은 관가
어느새 꽃에 눈물이 맺히고

만 리 길 나그네 난간에 기대어
해 저물어 장미는 비에 흠뻑 젖어 있고
누대 높이 앉은 제비 추위에 떤다
아깝구나, 도연명과 사령운의 재주로도
전혀 이 시름을 떨치지 못함이

沙岸殘春雨 사안잔춘우
茅檐古鎭官 모첨고진관
一時花帶淚 일시화대루
萬里客憑欄 만리객빙란
日晚薔薇重 일만장미중
樓高燕子寒 루고연자한
惜無陶謝手 석무도사수
盡力破憂端 진력파우단

　시의 자구가 두보 시에 근거를 두고 있고, 풍격도 비교적 침울
하다. 제3구는 두보의 시 「봄을 바라며春望」의 "어려운 때를 느껴
서 꽃도 눈물 흘린다(感時花濺淚)"에서 이미지를 본받고 있다. 북송
시대에서 남송으로 남도南渡 이후에 지은 시에서 우국애민적인 의
식을 많이 표출하고 있다. 시에서 '도사陶謝'는 전원시인 도연명과
산수시인 사령운을 지칭한다.

산길 가며 山行

좁은 오솔길이 트인 고요한 곳

찾아 가보니 집 서너 채

어디서 베틀 북소리 들리는가

여기에 뽕나무와 삼베 보이네

비는 냇가 풀에 뿌리고

담장 위에 핀 꽃은 바람에 살랑대네

몸 일으켜 애써서 절룩대며 올라

무심히 붉게 물든 노을 바라보네

小徑通幽處　소경통유처
尋來三四家　심래삼사가
何方聽機杼　하방청기저
此地看桑麻　차지간상마
雨洒溪邊草　우쇄계변초
風吹墻上花　풍취장상화
發身强跛上　발신강파상
無念望紅霞　무념망홍하

(1982. 10)

- 小徑소경 : 좁은 지름길, 오솔길
- 幽處유처 : 깊은 곳. 그윽한 곳. 조용한 곳
- 機杼기저 : 베틀의 북
- 桑麻상마 : 뽕나무와 삼. 농촌 풍경
- 洒쇄 : 뿌리다. 살포하다. (쇄소洒掃－물을 뿌리고 비로 쓸다)
- 發身발신 : 몸을 일으키다
- 强강 : 힘쓰다. 강하다. 억지로
- 跛上파상 : 절룩거리며 오르다
- 紅霞홍하 : 붉은 저녁놀

대모산 등산은 강남구 수서역 쪽에서 시작된다. 천천히 걸어서 한 시간이면 산 정상에 도달한다. 서울시 한강 남쪽에서 아마추어로서 등산하기에 이만한 산길을 찾기란 쉽지 않다.

시에 나오는 시어들 '삼사가三四家', '기저機杼', '상마桑麻' 등은 그해 가을 중국어과 학생들과 강원도 설악산 등산 여행을 갔을 때 직접 본 대상들이다. 젊은 나이인데도 운동 부족으로 일행으로부터 뒤떨어져서 걸었다. 백담사 쪽으로 마등령을 오르고, 이어서 설악동에 도착하는 산행이었다. 해발 1,400미터 산봉인 마등령을 천신만고 끝에 올랐던 직접 경험은 평생 처음이자 마지막이다. 물론 학생들의 도움이 있었다. 먼저 설악동에 도착한 일행들에게 너무 미안한 산행이었음을 지금까지 기억하고 있다. 당대 낭만시인 유장경劉長卿(?~790?)의 「남계 상산도인 찾아서尋南溪常山道人隱居」(『전당시』권147) 시를 떠올려본다.

외길로 가는 곳
이끼에 발자국 보이네
흰 구름 고요한 물가에 기대 있고
봄풀은 한가로운 문을 가렸네
비 그치니 소나무 색깔 밝고
산 따라가 샘터에 이르렀네
냇물에 뜬 꽃 참선하는 마음과 어울려
서로 마주하고서 말을 잊었네

一路經行處 일로경행처
莓苔見履痕 매태견이흔
白雲依靜渚 백운의정저
春草閉閑門 춘초폐한문
過雨看松色 과우간송색
隨山到水源 수산도수원
溪花與禪意 계화여선의
相對亦忘言 상대역망언

　시인이 도사를 만나러 남계로 찾아가는 과정에 자연의 풍취를
읊었고, 만난 후에 탈속脫俗과 참선參禪의 경지를 체회體會하면서
망아忘我의 선취禪趣에 몰입하는 심정을 토로하였다.

비운 마음 虛心

늙어서 머리에 백설이 가득한데
홀로 가파른 시내 물가를 찾았네
푸른 풀에 꽃술 한 가지
하늘 밝은데 마음은 멀리 떠 있네
몸은 구름 속에 살며 냇물 마시고
마음은 신선 되어 숲에 묻히네
무심히 공허하게 고개 돌리니
아련히 자욱한 안개

老年髮滿雪 로년발만설
自至僻谿潯 자지벽계심
草綠一枝蕊 초록일지예
天明千里心 천명천리심
身雲棲飮澗 신운서음간
性羽化居林 성우화거림
無念空回首 무념공회수
悠然煙霧沈 유연연무침

(2021. 5)

- **虛心**허심 : 마음속에 아무 망상이 없음. 마음을 비움. 공평무사公平無私한 마음
- **僻谿**벽계 : 궁벽한 시내. 가파른 냇물
- **潯**심 : 물가. 소. 못
- **千里心**천리심 : 천 리 멀리 바라보는 마음. 먼데 일어난 일을 직감하는 마음
- **雲棲**운서 : 구름 속에 깃들다. 세상을 초탈하는 경지를 비유
- **飮澗**음간 : 시냇물 마시다
- **羽化**우화 : 몸에 날개 돋아 신선 되다. 우화등선羽化登仙의 준말
- **悠然**유연 : 한가한 모양. 침착하여 서둘지 않는 모양
- **煙霧**연무 : 연기와 안개. 안개

나이가 드니 이제는 머리가 백발이다. 눈썹도 희고, 수염도 희고, 그 어디도 검은 건 거의 안 보이니 그야말로 호호백발皜皜白髮의 노인이 되었다. 마음도 비어야 하는데, 아직 살아 있어서인지 현실은 세속적이다. 우연히 아산 시골로 내려와 지내면서 완전한 초탈을 못 하고 있으니, 이런 시심을 묘사한 것이다.

객수客愁의 심정을 순간적인 감흥으로 토로한 두보의 시「감흥절구시絶句漫興」(『두시상주杜詩詳注』 권9)가 생각나니, 그 9수 중 제1수와 제5수를 떠올려본다.

눈앞에 나그네 시름, 아직 깨지 않았어
어느새 봄빛이 강가 정자까지 왔네
이제 머지않아 꽃이 활짝 피고
꾀꼬리도 번거롭게 울어대겠지

眼前客愁愁不醒 안전객수수불성
無賴春色到江亭 무뢰춘색도강정
卽遣花開深造次 즉견화개심조차
便敎鶯語太丁寧 편교앵어태정녕 (제1수)

안타깝게 강에 봄이 다하려는데
명아주 지팡이로 느릿느릿 고운 섬에 서네
미친 듯 버들 솜은 바람 따라 춤추고
가벼이 복사꽃은 강물 따라 흘러간다

腸斷江春欲盡頭 장단강춘욕진두
杖藜徐步立芳洲 장려서보립방주
顚狂柳絮隨風舞 전광류서수풍무
輕薄桃花逐水流 경박도화축수류 (제5수)

　　제1수는 여행 중에 우연히 객고의 번뇌를 토로하고 있는데, 명
대 왕사석王嗣奭은『두억杜臆』에서 이 시를 평하기를, "'객수' 두
자는 곧 9수의 요체이다. 여러 눈이 다 나그네 수심을 보는데, 봄
빛이 문득 오니 마음이 매우 편치 않다(客愁二字, 乃九首之綱. 衆眼共
見客愁, 春色突然而至, 無賴甚矣)"라고 하였고, 제5수는 초로初老의 두
보가 봄날의 경물을 의인화擬人化해서 봄과 인생을 비유하고 있다.
청대 구조오仇兆鰲의『두시상주杜詩詳注』(권9) 주석에 의하면 두보가
초당草堂을 지은 숙종肅宗 상원上元 2년(761) 봄에 지은 시로 본다.

매미 소리 蟬吟

가을 매미 아침저녁으로 울어

밤마다 가을 소리 느끼네

옛 친구는 소식 끊어지고

새 거리엔 낯선 이들 지나가네

창문 앞 높은 나무엔 소리 시끄럽고

울타리 뒤 저녁 산은 가로 놓여 있네

소리 들리는 곳 아무도 안 보이는데

먼 산에는 파란 산 기운 솟네

涼蟬曉夕鳴　량선효석명

每夜感秋聲　매야감추성

舊故音書斷　구고음서단

新街生面行　신가생면행

窓前高樹噪　창전고수조

壁後暮山橫　벽후모산횡

聽處無人見　청처무인견

遙山翠嵐生　요산취람생

(1990. 9)

- 蟬吟선음 : 매미 소리. 매미가 울다
- 涼蟬량선 : 가을 매미. 서늘한 때의 매미 (량월涼月-가을밤의 달)
- 曉夕효석 : 새벽과 저녁
- 舊故구고 : 예부터 잘 아는 사람. 구지舊知
- 音書음서 : 소식. 편지
- 生面생면 : 생소한 얼굴. 처음으로 하는 면회. 첫 대면
- 噪조 : 떠들썩하다. 시끄럽다. (조선噪蟬-시끄럽게 우는 매미)
- 壁벽 : 벽. 울타리
- 暮山모산 : 저녁때의 산
- 遙山요산 : 먼 산
- 翠嵐취람 : 파란 산 기운

서울시 송파구에는 국내에서 가장 크고 잘 가꾸어진 올림픽공원이 있다. 길 건너편에 대단지 올림픽선수촌아파트가 조성되어 있다. 미국 하버드대학에 방문학자로 도미할 때까지 3년간 그 단지에서 살았었다. 그런 입지적 환경 때문에 거의 매일 공원에서 산책할 수 있었다. 공원 내 몽촌토성 옆에 자연림이 보존되어 있어서 그곳에는 토끼 꿩 등이 자생하고 있었다. 커다란 느티나무와 소나무도 여러 그루 서 있다. 여름이 가며 가을로 접어들면서 매미 소리를 시원하게 들을 수 있었다.

당대 백거이의 「6월 3일 밤 매미 소리六月三日夜聞蟬」(『전당시』 권 439)를 떠올려본다.

향기론 연꽃에 맑은 이슬 내리고

시원한 바람에 버들은 살랑대네
초승달 뜬 초삼일 밤에
갓 나온 매미 첫 울음소리 내네
문득 들으며 북녘 나그네 걱정하고
조용히 들으며 동쪽 서울 생각하네
나에게 대숲 집이 있어
따로이 매미가 와서 다시 운다네
모르겠네만, 연못 위 달에
누가 작은 배를 타고 가나

荷香淸露墜　하향청로추
柳動好風生　류동호풍생
微月初三夜　미월초삼야
新蟬第一聲　신선제일성
乍聞愁北客　사문수북객
靜聽憶東京　정청억동경
我有竹林宅　아유죽림택
別來蟬再鳴　별래선재명
不知池上月　부지지상월
誰撥小船行　수발소선행

이 시에 대해서 송대 육유陸游는 『노학암시화老學庵詩話』에서 평
하기를,

백거이가 이르기를, "초승달 뜬 초삼일 밤에, 갓 나온 매미 첫 울음

소리 내네." 안수는 이르기를, "푸른 물가에 갓 나온 매미 첫 소리 내네." 왕안석이 이르기를, "작년의 오늘 푸른 솔길에, 첫 매미 소리 들었던 듯 기억나네."라고 하였다. ('第一聲'을) 세 번 인용하면서도 더욱 공교롭거늘 참으로 시의 무궁한 묘미. 白樂天云: "微月初三夜, 新蟬第一聲." 晏元獻云; "綠水新蟬第一聲." 王荊公云: "去年今日靑松路, 憶似聞蟬第一聲." 三用而愈工, 信詩之無窮也.

라고 하였으니 "신선제일성新蟬第一聲" 구를 송대 안수晏殊(991~1055)가 시구를 인용하고 이어서 왕안석王安石도 다시 인용하여 일종의 표절이건만, '삼용이유공三用而愈工'(세 번 인용하여 더욱 공교해짐)하기 때문에 시로서의 가치를 인정할 수 있다는 육유의 논리이다. 이는 이 시가 후세 문인에게 얼마나 애송되었는지를 입증하는 예화例話가 된다.

저녁 햇빛 夕陽

저무는 해가 산기슭에 비추고

날아가는 갈매기 줄지어 가네

붉게 저녁 언덕에 깔리고

누렇게 무늬 진 물결 덮네

해그림자는 뜰 연못에 엷어지고

지는 햇빛은 벽오동 잎 곳곳에 맺혀

저녁 구름은 붉은 색깔과 어울려

어지러이 흩어졌다가 뭉치네

落照曜山麓 락조요산록

飛鷗一列過 비구일렬과

赤紅陳夕岸 적홍진석안

黃白蔽紋波 황백폐문파

日影園池薄 일영원지박

殘光梧葉多 잔광오엽다

暮雲同赤色 모운동적색

紛繞散而和 분요산이화

(1991. 10)

- 落照락조 : 저녁에 지는 해. 저녁 햇빛. 석양夕陽
- 山麓산록 : 산기슭. 산마루
- 陳진 : 늘어놓다. 넓게 깔리다
- 夕岸석안 : 저녁 아지랑이, 안개
- 紋波문파 : 무늬 있는 물결, 파도. 찰랑대는 물결(파문波紋-물결의 무늬)
- 日影일영 : 해의 그림자. 햇빛이 비쳐서 생기는 그림자
- 殘光잔광 : 해가 질 무렵의 약한 햇빛. 저무는 해. 석양. 잔양殘陽. 잔일殘日
- 紛繞분요 : 어지럽게 얽힘
- 散而和산이화 : 흩어지고 합하다. 갈라졌다가 뭉치다

미국 동부 보스턴시를 흐르는 찰스강 건너편 케임브리지시에는 하버드대학과 그 옆에 MIT대학이 자리 잡고 있다. 하버드대학 동아시아어문과와 하버드옌칭연구소의 초청으로 '방문학자Visiting Sholar' 신분으로, 1년간 케임브리지 시내에 학교와 걸어서 30분 정도의 거리인 매스 애비뉴Mass. Avenue에 거주하게 되었다. 주변에는 넓은 공원도 있어 자연 풍경을 느낄 수 있었다. 이 시는 가을 어느 날 공원을 산보하다가, 석양의 놀을 보며 고국을 생각하면서 적었다.

체류 기간에 대학 측에서 옌칭燕京 도서관 내에 자리를 안배해주고, 학과에서 연구실을 배려해주어서 독서와 자료수집에 집중하였다. Stephen Owen 교수의 대학원 강좌인 '한육조악부시연구漢六朝樂府詩研究'에 공동 강의로 참여하였고 그의 박사 논문 제자인 Ace St. George의 '중한中韓 악부시 비교' 논문을 지도하였다. 그

당시에 유명한 서양학자들이 재직하고 있어서, Edward Wagner, Eckert, Hanan 등 교수들과 Hightower 명예교수와 교류하였다. 대학 바로 앞에 그 학교 영문학 교수이기도 했던 시인 롱펠로 Longfellow(1807~1882)의 집이 있어서 자주 가기도 하였다. 당대 이상은의「낙유원에 올라登樂遊原」(『당시삼백수』)를 떠올려본다.

해 질 무렵 마음이 편치 않아
수레 몰아 옛 언덕에 오르니
석양이 한없이 좋은데
단지 해가 저물어 가네

向晚意不適 향만의부적
驅車登古原 구거등고원
夕陽無限好 석양무한호
只是近黃昏 지시근황혼

황혼의 저녁 경치를 묘사하면서 당나라의 멸망을 비유하고 있다. '낙유원樂遊原'은 장안 남쪽에 위치하여 한당대漢唐代에 음력 3월 3일 삼짇날과 9월 9일 중양절에 불계祓禊(신에게 빌어 재앙을 떨어버리는 제사)하던 명승지의 하나이다. 시의 제1연은 단순히 답답한 심정으로 언덕에 올라가는 시인의 모습이라면, 제2연은 당나라 쇠퇴의 풍자와 노년에 대한 개탄 등으로 풀이하고 있다.

강릉 가는 벗에게 送友人行江陵

경치라면 산 동쪽이 빼어나

깊은 가을이라 밤에 귀뚜라미 울고

집들은 물가 따라서 고요하고

차 가는 길은 산을 둘러 통하고

골짜기 밤나무 잎이 노랗게 되고

산 남쪽엔 솔잎이 푸르지

이 몸은 세상 일거리에 매여

함께 따라갈 수가 없네

景象山東勝 경상산동승

深秋鳴夜蛩 심추명야공

人家沿水靜 인가연수정

車路繞山通 차로요산통

墍栗黃黏葉 학률황점엽

山陽靑覆松 산양청복송

身爲世事縛 신위세사박

不得與相從 부득여상종

(1998. 10)

- 江陵강릉 : 강원도에 있는 도시
- 景象경상 : 산천초목이 아름다운 현상. 경치景致. 경관景觀. 경색景色
- 山東산동 : 산 동쪽. 여기서는 강원도 설악산 등 산의 동쪽, 즉 영동嶺東을 말함
- 勝승 : 이기다. 뛰어나다
- 蛩공 : 귀뚜라미. 메뚜기
- 繞요 : 둘러싸다. 에워싸다
- 壑栗학률 : 골, 산골짜기의 밤나무
- 黃黏葉황점엽 : 노란색이 잎에 붙다. 나뭇잎이 노랗다
- 靑覆松청복송 : 푸른색이 소나무를 덮다. 소나무 잎이 푸르다
- 縛박 : 묶다. 동여매다. 감다

강원도 강릉시에는 국립강릉대학교가 있는데 지금은 강릉원주대학교로 개칭되었다. 그해 가을에 그 대학에서 한국중국문학이론학회 세미나가 개최되었다. 학회 회장이신 서울대학교 이병한 교수께서 정년 퇴임하신 직후로 기억한다. 세미나이기도 하지만 선생님의 은퇴를 축하하는 뜻깊은 모임이기도 하였다. 회의를 마치고 석식 자리에서 돌아가며 노래 부르는 순서에 따라서 우리 가곡 〈사공의 노래〉 "두둥실 두리둥실 배 떠나간다"를 불렀던 것 같다. 지금은 고속철도가 개통되어 가기에 편리하지만, 그때는 여러 시간 걸려서 험산을 돌아서 넘어야 갈 수 있었다.

그 세미나에 다녀온 직후에, 친한 친구가 설악산 여행을 가자고 권면할 때 바빠서 따라가지 못하였다. 매우 아쉽고 서운한 마음 금할 수 없었다. 평소 가장 애송하는 왕유의 「안서 가는 원이

에게送元二使安西」(『왕우승집전주』 권14)를 떠올려본다.

위성 아침 비 가벼운 먼지 적시는데
객사는 파릇파릇 버들 색이 새로워
그대에 권하노니, 술 한 잔 더 하면 어떠리
서쪽 양관으로 나가면 그대 못 만나리

渭城朝雨浥輕塵 위성조우읍경진
客舍靑靑柳色新 객사청청류색신
勸君更進一杯酒 권군갱진일배주
西出陽關無故人 서출양관무고인

송대에 소식에 의해 '위성곡渭城曲' 또는 '양관삼첩곡陽關三疊曲'
이라는 명칭으로 애창되어 지금까지 천여 년을 가장 유명한 송별
시로 전해진다. 시제의 '안서安西'는 신강성新疆省 토로吐魯 일대이
다.
이 시의 흥취를 본받아 지은 고려 정지상鄭知常(?~1135)의 「전송
하며送人」(『역옹패설후집櫟翁稗說後集』)를 떠올려본다.

비 그친 긴 둑에 풀빛 짙어
남포로 떠나는 그대여 슬픈 노래 부르지
대동강 물 언제 다하나
이별의 눈물 해마다 푸른 물결 보태지

雨歇長堤草色多 우헐장제초색다
送君南浦動悲歌 송군남포동비가
大同江水何時盡 대동강수하시진
別淚年年添綠波 별루년년첨록파

　정지상은 고려 인종仁宗 시기의 문신이며 시인으로 서경西京 출
신이며 초명은 지원之元, 호는 남호南湖이다. 문집으로 『정사간집鄭
司諫集』이 있다고 하나 지금 전해지지 않고, 시 20수와 연구 4편이
『파한집破閑集』 등에 수록되어 있다.

늦가을 여의나루 晚秋汝矣津

차창엔 마른 갈대 춤추고

지는 해는 함지로 돌아가네

나루터 멀리 외론 배 머물고

강이 추워 노는 이 드무네

구름 한 조각이 다릿길 지나가고

낙엽은 섬돌 끝에 흩날리네

홀로 높은 절개 지키며 가니

이런 삶이 진정 맞는 거라네

車窓舞枯葦 차창무고위

夕日咸池歸 석일함지귀

津遠孤舟泊 진원고주박

江寒遊客稀 강한유객희

片雲橋道過 편운교도과

落葉砌頭飛 락엽체두비

獨守高節去 독수고절거

今生眞不違 금생진불위

(1999. 11)

- **汝矣津**여의진 : 서울시 여의도 나루터
- **枯葦**고위 : 말라 죽은 갈대. 시든 갈대
- **咸池**함지 : 서쪽의 바다. 해가 목욕한다고 하는 하늘에 있는 못. 천지天池
- **遊客**유객 : 노는 나그네. 나그네
- **砌頭**체두 : 섬돌 머리
- **今生**금생 : 지금 세상. 살고 있는 동안. 생존 중
- **不違**불위 : 어긋나지 않다. 틀리지 않다. 도리에 맞다

한강 여의도 나루터는 본래 여의도 섬에 제방을 쌓아서 조성된 인공 나루터다. 여의도는 1960년대까지만 해도 비행장으로 사용되었다. 기억하기에 공군에 복무할 시기에, 여기서 대구까지 군용기를 탑승한 적이 있다. 그런 여의도가 상전벽해桑田碧海처럼 한국의 정치 요지이며 금융 본거지로 탈바꿈하였다. 젊은 날의 추억이 어려 있는 여의도 강변을 가끔 찾아갔다.

당대 장계張繼(생졸년 불명)의 유명한 시 「풍교에서 밤 지내며楓橋夜泊」(『당시삼백수』)를 보기로 한다.

달 지고 까마귀 울어 하늘에 서리 가득
강가 단풍나무, 고깃배 불에 수심 어린 나그네 맘
고소성 밖 한산사
한밤 절 종소리가 나그네 뱃전에

月落烏啼霜滿天 월락오제상만천
江楓漁火對愁眠 강풍어화대수면

姑蘇城外寒山寺 고소성외한산사
夜半鐘聲到客船 야반종성도객선

장계는 자가 의손懿孫, 양주襄州(지금의 호북성湖北省 양변襄樊)인이다. 천보天寶 12년(753)에 진사 급제하여 강남에서 염철판관鹽鐵判官을 거쳐서 대력大歷(766 전후) 연간에 검교사부낭중檢校祠部郞中을 지냈다. 이 시는 백묘白描 수법에 능하고 경물에 대한 묘사가 매우 미려하다. 시에 나오는 '고소성姑蘇城'은 지금 강소성 소주蘇州시에 있으며, '한산사寒山寺'는 소주 시내에 있는 사원이고, 시 제목의 '풍교楓橋'는 사원에 흐르는 냇물 위에 놓인 다리이다.

소주에 있는 소주대학에서 열린 '중국당대唐代문학학회' 국제학술대회에 참석했었다(2014. 11). 그 회의에서 장계의 이 시를 인용하면서 축사를 하였다. 분과 회의에서는 「『전당시』 소재 발해인 시」란 논문을 발표하면서, 발해는 한국 역사이므로 고적高適, 고변高騈 등 당대 시인과 시는 한국 한시사에 속한다라고 언급하여, 중국 학자들의 격렬한 반발을 산 적도 있었다. 학술대회 후에 직접 한산사를 찾아가서 장계의 시를 음미하면서, 풍교 다리 아래에서 배를 타고 기념사진도 찍었다.

시골 노인 되다 我作村老

작년 가을 옛 역을 떠나

이제 산골 나그네 되었다

친구 찾아 수레 타고 와서

눈썹 치켜 봐도 아는 이가 없다

가을바람이 몸에 감돌아 추워

밝은 달은 하늘에 밝게 떠오른다

골짜기 숲속에 숨어 지내며

때때로 옛 추억에 잠긴다

昨秋出古驛 작추출고역

今作山村客 금작산촌객

尋友有車來 심우유거래

開眉無面識 개미무면식

金風繞我寒 금풍요아한

皎月昇天白 교월승천백

隱遁壑林中 은둔학림중

時時潛舊憶 시시잠구억

(2021. 10)

- **古驛**고역 : 옛날 역말을 갈아타던 곳. 지금의 기차역. 역驛은 말을 갖추어놓고 교통·통신 등의 편리를 도모하는 곳
- **尋友**심우 : 벗을 찾다
- **開眉**개미 : 눈썹을 펴다. 눈썹을 펴고 보다
- **面識**면식 : 얼굴을 서로 앎. 아는 사람
- **金風**금풍 : 가을바람. 금金은 오행설五行說에서 가을. 추풍秋風
- **繞我**요아 : 나를 감싸다
- **皎月**교월 : 밝고 맑은 달
- **隱遁**은둔 : 세상을 피하여 숨음. 은거隱居
- **壑林**학림 : 골짜기 수풀

아산으로 이사 온 지 벌써 한 해가 지났다. 어느 정도 시골 생활에 적응하고 있다. 이젠 촌로村老라고 말해도 될 수 있을 만큼 시골이 좋다. 맑은 공기와 밝은 햇빛, 고요한 공간이 마음에 든다. 지난여름에는 얼굴이 검게 타고 손은 완전히 농부처럼 거칠었다. 농사를 짓지 않는데도 집에는 각종 시골 살림에 필요한 도구를 보관하기 위한 작은 창고도 하나 마련하였다. 텃밭에서 매일 적지 않은 시간도 보냈다. 이것이 전원생활 하는 맛이며 멋이 되길 기대해본다. 이곳 삶이 건강도 호전되고 활기 넘치는 여생이 되길 기도드린다.

동진 전원시인 도잠陶潛(도연명)의 「전원에 돌아가서歸園田居」(『도연명시전주陶淵明詩箋注』 권2) 제1수를 보며 진정한 전원의 삶이 얼마나 멋진지 이해하고 싶다.

젊어서 속된 맘 없어
천성이 본래 산천을 좋아했지
먼지 그물에 잘못 떨어져서
어느덧 삼십 년이 지났네
갇힌 새가 옛 숲 그리워하고
연못 물고기는 옛 못 생각하네
남녘 들에 황무지 개간하여
소박한 마음으로 전원에 돌아가네
네모난 땅 십여 이랑에
팔구 칸 초가집이라
느릅나무 버드나무 뒤 처마에 그늘지고
복사와 오얏나무 마루 앞에 서 있네
아득히 멀리 마을이 있고
아련히 집 마을에 연기 오르네
개는 깊은 골목에서 짖고
닭은 뽕나무 가지에서 우네
집 뜰에 먼지 티끌 없고
텅 빈 방엔 한가로움 넘치네
오래 새장에 갇혔다가
다시 자연으로 돌아오네

少無適俗韻 소무적속운
性本愛丘山 성본애구산
誤落塵網中 오락진망중
一去三十年 일거삼십년

羈鳥戀舊林 기조연구림

池魚思故淵 지어사고연

開荒南野際 개황남야제

守拙歸園田 수졸귀원전

方宅十餘畝 방택십여묘

草屋八九間 초옥팔구간

楡柳蔭後簷 유류음후첨

桃李羅堂前 도리라당전

曖曖遠人村 애애원인촌

依依墟里煙 의의허리연

狗吠深巷中 구패심항중

鷄鳴桑樹巓 계명상수전

戶庭無塵雜 호정무진잡

虛室有餘閒 허실유여한

久在樊籠裏 구재번롱리

復得返自然 부득반자연

　오랫동안 벼슬 등 세상살이에 매여 살다가 자연으로 돌아가며, 허무한 욕망을 깊이 반성하며 전원생활을 만족하게 여겨서 지은 시이다. 이 시에 관해서 원대元代 진역증陳繹曾은, "마음에 정성된 뜻이 있고 몸은 한가하고 안일한 중에 있으니 정감이 참되고 경치가 참되며, 일이 참되고 뜻이 참되다(心存忠義, 身處閑逸, 情眞景眞, 事眞意眞)"(『시보詩譜』)라고 하여 심적 경지를 적절히 표현하고 있다.

　도잠의 자는 원량元亮, 호는 연명淵明으로 오류五柳선생이라 하며, 시호는 정절靖節이다. 유명한 작품 「귀거래사歸去來辭」가 있으며, 정복보丁福保의 『도연명시전주陶淵明詩箋注』는 가장 믿을 만한 주석본이다.

물러나 살다 隱居

늙어서 아름다운 마을에 돌아와
한가하게 집 뜰에 기대어 지낸다
세상이 어지러워 사람들 걱정인데
나는 기쁘게 주님의 은혜 감사한다
앞산에는 쌀쌀한 비 내리고
찬 기운은 가벼이 난간에 스며드네
아침저녁으로 책 상자 열지니
도를 즐긴단 말 어떻다 하리

老歸佳邑里 로귀가읍리
閑寂寄家園 한적기가원
世亂發人憂 세란발인우
我歡謝主恩 아환사주은
前山涼帶雨 전산량대우
寒氣輕侵軒 한기경침헌
晨夕開書篋 신석개서협
何爲樂道言 하위락도언

(2021. 11)

- **邑里**읍리 : 마을. 동네
- **閑寂**한적 : 한가하고 조용하다
- **謝**사 : 감사하다. 고맙다
- **主恩**주은 : 주님의 은혜. 하나님의 은혜
- **帶雨**대우 : 비를 지니다. 비를 맞다. 비 내리다
- **軒**헌 : 초헌. 집. 난간
- **晨夕**신석 : 새벽과 저녁. 조석朝夕
- **書篋**서협 : 책을 담는 상자
- **樂道**락도 : 도를 즐김 (안빈락도安貧樂道-가난하면서도 편안한 마음으로 도를 즐김)

아산 음봉면 신휴리 마을이 지금 살고 있는 동네. 마을회관까지는 10분 이상 걸어가야 한다. 그리고 교회까지는 걸어서 15분 거리. 반세기 이상 된 작은 교회는 신앙생활 하는 삶의 안식처. 전원에서 유일하게 삶에 대해 반성하고 회개하며 감사드리는 제단이다. 요즘은 통신수단이 발달하고 교통이 원활하므로 실질적인 면을 생각하면 절로 웃음이 나온다. 옛날과 달리 진정한 은거가 가능할 수 있을까.

숨어 살면서 참선參禪의 흥취를 맛볼 수 있는 당대 두보의 「장씨의 은거題張氏隱居二首」(『두시상주杜詩詳注』 권1) 중 제2수를 소개한다

> 그대 만날 때마다
> 늦도록 머물러 흥취 나게 하네
> 비 개인 연못에 잉어 뛰놀고

봄 풀밭에 노루 울어대네

두강의 술 기울여 마냥 권하니

장공의 배 따로 찾을 거 없네

앞마을 산길이 험하다만

취해서 돌아가니 늘 근심 없네

之子時相見 지자시상견

邀人晩興留 요인만흥발

霽潭鱣發發 제담선발발

春草鹿呦呦 춘초록유유

杜酒偏勞勸 두주편로권

張梨不外求 장리불외구

前村山路險 전촌산로험

歸醉每無愁 귀취매무수

　개원開元 24년(736), 두보가 은거하는 친구 장숙경張叔卿을 찾아
가서 한적한 심정을 노래하고 있다. 시구에서 '제담霽潭'은 『시경』
「위풍衛風 석인碩人」의 "숭어가 펄쩍 뛴다(鱣鮪發發)" 구에서 인용
하고, '유유呦呦'는 『시경』「소아小雅 녹명鹿鳴」의 "메메 하며 노루
가 울어대면서, 들판의 들꽃을 먹네(呦呦鹿鳴, 食野之華)" 구에서 인
용하였다. 『모시毛詩』 서序에서 "여러 신하와 좋은 손님과 잔치를
하다(燕群臣嘉賓也)"라고 풀이하고 있어서, 두보는 이들 시구를 통
하여 장 씨와의 화목한 시간을 비유하였다. 시에서 '두주杜酒'는
술을 잘 빚었다는 두강杜康의 술, 그리고 '장리張梨'는 서진西晉 시

대 반악潘岳(247~300)의 「한거부閑居賦」에 나오는 낙양洛陽 장공張公
이 대곡大谷에서 재배한 맛 좋은 배의 고사에서 인용하였다.

봄날 배밭에 일렁이는 흥 春日梨園雜興

늙은 몸 무심하게 저잣거리 벗어나

봄 경치에 취하면서 홀로 거닌다

멀리 하늘 바라보니 갈매기 날아가고

가까이 배꽃 보니 향기 가득 나부낀다

지팡이 쥐고 천천히 숲속 오솔길 걸으면서

뻐꾸기 소리 들으며 버들 가 다리에 서서

연못 가에 앉아 갓 돋은 풀 보다가

나도 모르게 깊이 봄 꿈에 빠져든다

身老無心出市井 신로무심출시정
芳景一醉自逍遙 방경일취자소요
遙觀雲漢鷗飛去 요관운한구비거
近看梨花香滿飄 근간리화향만표
持杖漫步林裏徑 지장만보림리경
聽鵑時立柳邊橋 청시시립류변교
池塘前坐察新草 지당전좌찰신초
不覺深潛春夢招 불각심잠춘몽초

(2021. 4)

- 梨園리원 : 배나무를 심은 동산. 배밭. 당나라 현종玄宗이 속악俗樂을 익히게 하던 곳. 배우俳優의 사회
- 雜興잡흥 : 여러 가지 감흥, 생각
- 市井시정 : 저자. 장. 시가. 인가가 많은 곳
- 芳景방경 : 봄 경치. 꽃향기 나는 경치
- 逍遙소요 : 이리저리 거닐다. 한가로이 다니다
- 遙觀요관 : 멀리 바라보다. 구경하다
- 雲漢운한 : 은하銀河. 하늘
- 滿飄만표 : 가득 나부끼다, 떨어지다(표연飄然-바람에 가볍게 날리는 모양)
- 持杖지장 : 지팡이를 잡다, 쥐다
- 漫步만보 : 한가이 거니는 걸음. 서서이 걷다. 느긋이 걷다. 산책
- 鳲시 : 뻐꾸기
- 池塘지당 : 연못. 못
- 潛春夢招잠춘몽초 : 봄 꿈에 잠기다. 봄 꿈에 들다

전원생활 시작하면서 맞는 첫봄이다. 아산 음봉면은 성환배로 유명한 성환과 접경 지역이어서 사방이 배밭이다. 집 앞과 옆도 배밭으로 둘러싸여 있다. 4월이 되니 배꽃이 하얗게 배나무를 덮었고 그 향기도 별다르다. 한가한 시간이면 배밭 길을 산보하며 배꽃 향기에 만취한다. 송대 왕우칭王禹偁(954~1001)의 「봄의 흥취春居雜興」 제1수(『송시대관宋詩大觀』)가 생각난다.

두 그루 붉은 살구꽃 울타리에 비스듬히 비추고
곱게 단장한 향산은 부사의 집과 마주하네
무슨 일로 봄바람 견디지 못하고

꾀꼬리 소리에 맞춰 꽃 두세 가지 꺾는가

兩株紅杏映籬斜 량주홍행영리사
妝點香山副使家 장점향산부사가
何事春風容不得 하사춘풍용부득
和鶯吹折數枝花 화앵취절수지화

왕우칭은 태종太宗 순화淳化 2년(991)에 개봉開封에서 상주商州로 좌천되어 단련부사團練副使를 맡았는데, 그 이듬해(992) 봄에 지은 시. 시에서 봄바람에 꽃가지가 꺾인다 함은 사리에 맞지 않게 억압과 부당함을 겪는 자신의 처지를 비유한다.

이어서 송대 범성대范成大(1126~1193)의 「봄날 전원의 감흥春日田園雜興」 제2수(『송시대관』)은 전원의 한적한 풍경을 노래한다.

기름진 땅 일구려는지 비 자주 내리더니
온갖 화초가 순식간에 피었네
집 뒤 거친 밭이 또한 매우 푸르러
이웃집 죽순이 담장을 넘어오네

土膏欲動雨頻催 토고욕동우빈최
萬草千花一餉開 만초천화일향개
舍後荒畦猶綠秀 사후황휴유록수
隣家鞭筍過牆來 린가편순과장래

당대 왕유 이후에 으뜸가는 전원시인으로 평가받는 범성대는 자가 치능致能, 호는 석호거사石湖居士로 평강平江(지금의 강소성 소주) 인이다.

아산 시골집 牙山田家

작년 가을 홀로 서울을 건너서

이곳으로 옮겨 산 지 벌써 한 해가 넘네

뒤 배밭의 저수지 보이고

앞 시냇골에 장끼 소리 들린다

뜰 둘레 사방엔 울타리 든든한데

집 안 세 붓도랑엔 풀밭이 고르네

누가 인생이 어떠냐 묻는다면

즉시 나그네 마음 너무 맑고 밝다 답하리

昨秋自渡漢陽城 작추자도한양성
此地移居已歲盈 차지이거이세영
後望梨園田水庫 후망리원전수고
前聽谿谷雉雛聲 전청계곡치구성
園周四圍籬笆固 원주사위리파고
屋內三溝草地平 옥내삼구초지평
誰問人生何如表 수문인생하여표
卽答客懷甚淸明 즉답객회심청명

(2021. 10)

- **牙山**아산 : 충청남도 아산시
- **漢陽城**한양성 : 서울. 조선조朝鮮朝 도읍 이름
- **歲盈**세영 : 일 년이 차다. 넘다
- **谿谷**계곡 : 시내와 골짜기
- **雉雊**치구 : 수꿩이 울다. 구치雊雉. 여기서는 운율상 도치
- **籬笆**리파 : 울타리
- **溝**구 : 봇도랑
- **客懷**객회 : 나그네 마음. 객심客心. 객정客情
- **淸明**청명 : 깨끗하고 밝은 마음. 이십사절기二十四節氣의 하나. 춘분春分의 다음.
  양력 4월 5~6일경

　서울서 짐보따리 들고 홀연히 아산 집으로 이사하였다. 늙은 나이에 병든 아내랑 시골집으로 옮겨가는 마음은 어떠했을까. 그것도 미리 숙고하고 준비하여 옮기는 것이 아니라, 집을 너무 오래 비워두어서는 안 된다는 단순한 판단에 의해서였지만, 한편으론 이 기회에 장단 간에 전원의 흥취를 만끽하자는 긍정적인 생각도 들었기 때문이다. 어떤 동기든 간에 이거移居한 지 벌써 한 해가 지나고 있고, 심신도 점차 안정되고 적응되고 있어 이런 삶에 감사한다.

　타이완에서 학위논문 주심을 맡았던 국립타이완대학 타이징농臺靜農 교수께서 축하의 글로 써준 왕유의 「위수의 농가渭川田家」(『왕우승집전주』 권3)를 여기 소개한다.

　　석양이 아련히 비추니

저 골목으로 소와 양이 돌아오는 시골

노인은 목동이 걱정되어

지팡이 짚고 사립문 앞에 기다린다

꿩 우는 속에 보리는 이삭 패고

누에 허물 벗을 때 뽕잎이 드물다

농부는 호미 메고 서서

이야기 나누며 떠드는 소리

아! 이 한가로운 그들이 너무 부러워

쓸쓸히 식미가를 읊노라

斜光照墟落 사광조허락

窮巷牛羊歸 궁항우양귀

野老念牧童 야로념목동

倚仗候荊扉 의장후형비

雉雊麥苗秀 치구맥묘수

蠶眠桑葉稀 잠면상엽희

田夫荷鋤立 전부하서립

相見語依依 상견어의의

卽此羨閑逸 즉차선한일

悵然歌式微 창연가식미

시 제목의 '위천渭川'은 위수渭水로 섬서성 서안을 끼고 흐르는
황하 지류이며, '식미式微'는 『시경』 패풍邶風의 시로서 전원으로
돌아가고픈 소망을 담고 있다. 말 2구는 시의 주지主旨가 되는 것
으로, 시인은 농촌의 한적함을 묘사하면서 관리 생활에 대한 혐오

감을 표현하고 있다. 시에서 '허락墟落'(황폐한 마을), '우양牛羊'(소와 양), '목동牧童', '형비荊扉'(가시나무 문짝), '맥묘麥苗'(보리이삭), '잠면蠶眠'(누에 자기), '상엽桑葉'(뽕잎), '전부田夫'(농부), '하서荷鋤'(호미 들다) 등 농촌 생활의 모습들을 나열하고, 제9구에서 '한일閑逸' 두 글자를 사용하여 농촌의 형상을 꿰어서, 한 폭의 온화하면서도 생동적인 그림을 그렸다.

가을 흥취 秋興

서풍에 지는 잎이 쓸쓸한 기운 보내오고

멀리 돌아가는 돛배 보이고 저녁 햇빛 노랗다

호숫가에 기러기 날고 하늘은 넓어

바다에는 고래 물에 놀고 달빛 어린 파도 아득하다

마음에 세상일들 지닌 데 한밤에 달이 뜨고

몸엔 온갖 병 들어 양쪽 귀밑털 서리가 끼었다

홀로 대지팡이 짚고 맺힌 근심 없으니

화분에 여전히 국화 향기 감돈다

西風落葉送凄涼　서풍락엽송처량
遠望歸帆夕日黃　원망귀범석일황
湖畔雁飛雲漢邈　호반안비운한막
海上鯨泳月波茫　해상경영월파망
心含諸事三更月　심함제사삼경월
身得多疾兩鬢霜　신득다질량빈상
獨把竹竿無掛念　독파죽간무괘념
花盆猶帶菊花香　화분유대국화향

(2009. 10)

- **歸帆**귀범 : 돌아가는 돛배. 귀주歸舟
- **雲漢**운한 : 하늘. 은하銀河
- **邈**막 : 멀다. 아득하다
- **鯨**경 : 고래
- **三更**삼경 : 자정子正 전후. 하룻밤을 다섯으로 나눈 셋째의 경更
- **兩鬢**량빈 : 좌우 양쪽 귀밑털
- **掛念**괘념 : 마음에 두고 잊지 아니하다
- **帶**대 : 띠다. 두르다

학교에서 정년 퇴임하고, 그 이듬해 6월에 전립선암 수술 후 회복하는 과정에 썼다. 쓸쓸하면서도 주어진 현실이 슬퍼졌고, 건강을 회복해야 한다는 담담한 심정을 담았다. 두보의 「가을 흥취 8수秋興八首」(『두시상주杜詩詳注』 권17) 제8수를 떠올려본다.

곤오산과 어숙천은 절로 구불구불
자각봉 그늘이 미피호에 드리우네
향기로운 벼 앵무새가 낟알 쪼고
벽오동엔 늘 봉황이 가지에 깃드네
미인이 비취새 깃털 주우며 봄날 서로 묻고
신선과 쪽배 타고 저녁에 돌아가네
빛나는 글 솜씨 예전에 그 기상 하늘을 찔렀거늘
백발 된 지금 바라보며 괴로이 고개 숙이네

昆吾御宿自逶迤 곤오어숙자위이

紫閣峰陰入渼陂 자각봉음입미피
香稻啄餘鸚鵡粒 향도탁여앵무립
碧梧棲老鳳凰枝 벽오서로봉황지
佳人拾翠春相問 가인습취춘상문
仙侶同舟晚更移 선려동주만갱이
彩筆昔曾干氣象 채필석증간기강
白頭今望苦低垂 백두금망고저수

　　두보가 55세에 기주夔州에서 지은 시다. '곤오昆吾'는 장안에 있
는 산이고 '어숙御宿'은 장안 남쪽에 흐르는 개천으로 한무제漢武
帝가 잠잤다는 곳이다. '자각봉紫閣峰'은 도교道敎의 본산인 종남산
終南山에 있는 봉우리, '미피渼陂'는 종남산에 있는 저수지. 장안의
경관과 과거의 삶을 그리며 노년의 현실을 탄식하고 있다.

회갑 回甲

세월은 흐르는 냇물 같아 젊은 기운 사라져

이제 회갑 맞으니 온 땅이 놀라네

고운 얼굴 육십 되어 주름살 많건만

주목 나무 천년 두고 푸른 잎 무성하네

시내 골에 찬 바람 쓸쓸히 치고

강과 호수에 흰 고니새 곱게 울어

쇠한 몸 지팡이로 천천히 노니는데

어쩐 일로 허둥대며 급히 길 재촉하나

歲月流川靑氣去 세월류천청기거

今當回甲九州驚 금당회갑구주경

紅顔六秩多眉皺 홍안육질다미추

朱木千年翠葉盛 주목천년취엽성

澗壑涼風蕭瑟打 간학량풍소슬타

江湖白鵠流麗鳴 강호백곡류려명

衰身持杖逍遙慢 쇠신지장소요만

何事慌張急促行 하사황장급촉행

(2021. 11)

- 流川류천 : 흐르는 냇물
- 靑氣청기 : 푸른 기운. 젊은 기세
- 九州구주 : 온 나라. 나라 전체
- 紅顔홍안 : 붉은 얼굴. 젊은 모습. 젊은 시절
- 六秩육질 : 60세. 질秩은 10년간의 일컫음
- 眉皺미추 : 눈썹 주름. 이마 주름살
- 朱木주목 : 주목과의 상록침엽교목
- 翠葉취엽 : 푸른 잎
- 澗壑간학 : 시내와 골짜기
- 蕭瑟소슬 : 쓸쓸하다
- 白鵠백곡 : 흰 고니
- 流麗유려 : 매우 아름답다. 곱다
- 持杖지장 : 지팡이를 잡다
- 逍遙소요 : 거닐다. 조용히 걷다
- 慌張황장 : 허둥대다. 뒤뚱대다
- 促行촉행 : 가기를 서두르다. 길 가기를 재촉하다

시는 충청남도 아산시 음봉면 신휴교회 윤무열尹武烈 목사의 회갑과 연관되어 있다. 윤 목사는 한글 시를 아래와 같이 지어서 한시로 번역해주길 부탁하였다. 그 담긴 뜻이 소탈하지만 나이 들어감의 절실한 심정을 담고 있다.

세월은 흘러 소년이
회갑 되니 산천이 놀라도다
천년 주목 오늘도 여전한데

흑발은 어데 가고 백발만 남았는가

바람 부는 언덕에서

잠시라도 쉬어 가련만

손에 들린 막대는

빨리 가자 재촉하네

― 윤무열, 「회갑」

신휴교회는 작은 시골 교회지만, 성령이 충만하고 신심信心이 깊은 교회다. 윤 목사는 오랜 기간 오직 하나님 뜻을 준행하여 사심 없이 교회를 섬기고 이끌어왔다. 매주 주일 발간되는 교회 주보에, "개혁주의 신앙 노선을 따라서 하나님 중심, 교회 중심, 가정 중심으로 믿음 토대 위에 아름다운 사랑의 공동체를 이루어갑니다. 하나님 사랑, 이웃 사랑을 실천하며 시대적 사명인 영혼 구원에 최선을 다하는 교회입니다."라고 기록하고 있다.

중국 명대 기독인 서광계徐光啓(1562~1633)와 그의 성시聖詩는 중국 기독교사에 중요한 위치를 차지한다. 그의 자는 자선子先, 호는 현호玄扈, 상해上海 사람이다. 서광계는 부유한 상인의 가정에서 태어나서 광동廣東에서 교원을 지냈다. 그간에 소주韶州에서 예수회 선교사인 라자루스 카타네오(Lazarus Cattaneo)를 만나게 되고 만력萬曆 25년(1597)에는 순천順天의 향시鄕試에 장원 급제하여 거인擧人이 되었다. 만력 28년(1600) 남경에서 마테오 리치(Matteo Ricci, 1552~1610)를 방문한다. 그 후 예수회 선교사 요안네스 데 로사(Joannes de Rocha)를 만나서 리치의 『천주실의天主實義』를 기증받고,

그 책을 열독하고서 마침내 천주교 신도로 영세를 받아 '바울'이란 세례명을 갖게 된다. 문연각대학사文淵閣大學士의 고위직에 오르고 문정文定이란 시호까지 받은 서광계는 명대 초기 기독교 선교의 초석이 된 인물이다.

그는 독실한 신앙관으로 성시와 논설문을 지어 선교에 전념하였으니, 그의 성시 「예수 찬양耶蘇像贊」(『서광계집徐光啓集』)을 다음에 소개한다.

　　　천지를 세우신 주재자이시며
　　　사람과 모든 만물을 지으신 근본이시다
　　　미루어 그분은 전에는 처음이 없으시며
　　　따라가도 그분은 뒤에도 끝이 없으시다
　　　사방을 채우시어 빈틈이 없으시며
　　　모든 사물을 초월하시어 같지 않으시다
　　　본래 형상 없으사 본받을 수 없으신데
　　　이에 강생하시어 형상을 남기시었다
　　　신성을 드러내시어 널리 사랑하시고
　　　권선징악을 밝히시어 공의롭도다
　　　지극히 존귀한 위치 계시어 위가 없고
　　　진리는 오묘하여 다 함이 없어라

　　　立乾坤之主宰　립건곤지주재
　　　肇人物之根宗　조인물지근종
　　　推之於前無始　추지어전무시

引之於後無終 인지어후무종
彌六合兮靡間 미육합혜미간
超庶類兮非同 조서류혜비동
本無形之可擬 본무형지가의
乃降生之遺容 내강생지유용
顯神化以博愛 현신화이박애
昭勸懲以大公 소권징이대공
位至尊而無上 위지존이무상
理微妙而莫窮 리미묘이막궁

　시의 전반부는 예수는 하나님과 동일한 분으로서 "태초에 하나
님이 천지를 창조하시니라"(창세기 1 : 1)의 뜻으로 표현하고, 예수
의 위상을 요한복음(1 : 1~3)의 "태초에 말씀이 계시니라 이 말씀
이 하나님과 함께 계셨으니 이 말씀은 곧 하나님이시라 그가 태
초에 하나님과 함께 계셨고 만물이 그로 말미암아 지은 바 되었
으니 지은 것이 하나도 그가 없이는 된 것이 없느니라"라고 한
성서적 내용과 일치된다. 그리고 시에서 "본래 형상 없으사 본받
을 수 없으신데 이에 강생하시어 형상을 남기시었다" 구는 성서
의 "말씀이 육신이 되어 우리 가운데 거하시매 우리가 그의 영광
을 보니 아버지의 독생자의 영광이요 은혜와 진리가 충만하더라"
(요한복음 1 : 14) 구와 "본래 하나님을 본 사람이 없으되 아버지 품
속에 있는 독생하신 하나님이 나타내셨느니라"(요한복음 1 : 18) 구의
신앙적 고백이다.

수록 한시 목록

제1부 봄풀 春草

제2부 길에서 비를 맞으며 路上遇雨

제3부 산길 가며 山行

동헌東軒, 한시漢詩와 노닐다

초판 1쇄 인쇄 2022년 6월 12일
초판 1쇄 발행 2022년 6월 22일

지은이 · 류성준
펴낸이 · 한봉숙
펴낸곳 · 푸른사상사

주간 · 맹문재 | 편집 · 지순이 | 교정 · 김수란, 노현정 | 마케팅 · 한정규

등록 제2-2876호
경기도 파주시 회동길 337-16
대표전화 031) 955-9111(2) 팩스 031) 955-9114
메일 prun21c@hanmail.net
홈페이지 http://www.prun21c.com

ISBN 979-11-308-1924-2 03810
값 22,000원